Ana Campoy a vu le jour à Madrid en 1979. Après différents emplois dans le milieu du cinéma, la presse écrite, la télévision et le doublage, elle retourne dans le monde de l'écrit et se spécialise dans la littérature pour enfants. « Les enquêtes d'Alfred et Agatha » sont nées de ses deux grandes passions pour le cinéma et la littérature.

Illustration de couverture : Raphaël Gauthey

Ouvrage publié originellement en 2012
par Grupo Edebé (Espagne),
sous le titre *El pianista que sabía demasiado*
© 2012, Ana Campoy

© 2017, Bayard Éditions pour la traduction française
© 2018, Bayard Éditions, pour la présente édition
18, rue Barbès, 92128 Montrouge Cedex
Dépôt légal : août 2018
ISBN : 978-2-7470-7731-6
Loi n° 49-956 du 16 juillet 1949 sur les publications destinées à la jeunesse. Tous droits réservés. Reproduction, même partielle, interdite.

Ana Campoy

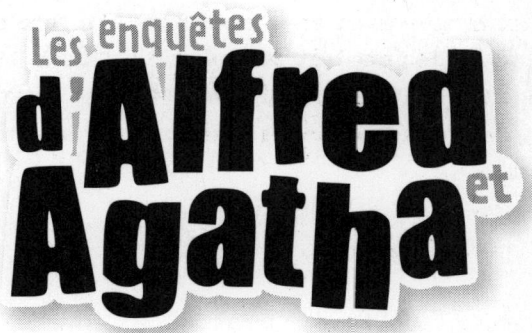

La pianiste qui en savait trop

Traduit de l'espagnol
par Martine Desoille

À Manuela Ogalla Suárez, ma grand-maman Miller.

Prologue

Harpo entra en scène et entonna sa chanson, la seule un peu animée de son minuscule répertoire. Mais, ce soir, il n'y avait que les mouches du théâtre qui semblaient l'écouter.

Son numéro commençait par un petit pas de danse difficile qu'il avait mis plus d'une semaine à maîtriser. Il s'accompagnait en jouant un air entraînant sur son harmonica.

En pure perte. Les rares spectateurs éparpillés dans la salle étaient aussi enthousiastes que des poupées de cire.

La pianiste qui en savait trop

Le garçon jeta un coup d'œil en direction des coulisses et aperçut brièvement la silhouette trapue de M. Strudel, le directeur. Celui-ci se tenait bras croisés derrière le rideau de scène, et le regardait d'un air sévère.

Harpo sentit un filet de sueur froide sous sa chemise. Il lâcha son harmonica et leva la main sans cesser de danser.

Peut-être que s'il s'accompagnait au piano, qui rendait un son plus fort et vivant, il parviendrait à tirer les spectateurs de leur léthargie. Il se dirigea vers le centre de la scène, bondit sur le tabouret de bois et entonna le couplet avec toute la passion dont il était capable.

Pour réveiller ce vieux music-hall endormi, il fallait une fameuse dose d'énergie et le jeune homme tapait comme un sourd sur le clavier. Sa mère lui avait expliqué qu'il ne suffisait pas de sourire. Il fallait séduire le public, le faire vibrer et le prendre aux tripes pour qu'il ait l'impression de ne pas en avoir eu assez et pour lui donner envie de revenir.

Prologue

C'est pourquoi il attaqua le refrain avec toute la force de ses poumons. Il prenait garde à ne pas dérailler tandis qu'il observait du coin de l'œil M. Strudel qui, sans même chercher à se cacher, faisait de grands gestes excédés dans sa direction. Le garçon avait beau chanter de tout son cœur, cela ne suffisait pas, manifestement, et les dernières secondes de son numéro lui parurent une éternité.

Il lança ses ultimes trémolos d'une voix criarde, puis, se levant précipitamment, exécuta une petite courbette et fila se réfugier, tout penaud, derrière le rideau.

– Bon sang, Marx ! s'exclama le directeur. Mais vous êtes un artiste de premier rang !

Ces paroles firent renaître un semblant d'espoir dans le cœur d'Harpo. Peut-être que son improvisation avait plu à M. Strudel, en fin de compte, et que ce dernier ne lui tenait pas rigueur de son fracassant échec.

– Sérieux, monsieur le directeur ? Vous avez aimé mon numéro ?

L'homme posa sur le garçon un regard furibond.

La pianiste qui en savait trop

— Non, monsieur Marx ! rugit-il. Je voulais dire par là que votre voix ne porte pas au-delà du premier rang. La prochaine fois, je vous conseille de faire un effort. Sans quoi je vous flanque dehors à coups de pied aux fesses.

Les genoux du garçon se mirent à trembler. Aucun comédien dans tout New York ne souhaitait plus que lui faire plaisir à son patron. D'autant qu'il n'y avait que quelques semaines qu'il avait décroché ce contrat, grâce à son frère. Il ne pouvait pas le décevoir, même si ses maigres talents étaient loin d'être suffisants.

Par chance, M. Strudel avait d'autres chats à fouetter. Il tourna les talons, prêt à entrer sur scène pour annoncer l'attraction suivante, la chanteuse Emma. Celle-ci avait observé la piètre prestation d'Harpo depuis les coulisses et attendu que le directeur s'éloigne pour décocher un clin d'œil d'encouragement au comédien en herbe.

— Ne t'en fais pas, Harpo, dit-elle en secouant la tête. La prochaine fois ça ira mieux, tu verras.

Prologue

Le sourire d'Emma combla le garçon, qui ne demandait qu'à devenir son chevalier servant. La jeune femme l'avait toujours traité avec bonté et elle était son unique réconfort depuis qu'il était entré dans la compagnie.

— Je suis désolé, dit-il, penaud. Après un tel fiasco, personne ne va avoir envie de t'écouter chanter. J'ai tout gâché.

— Ne t'inquiète pas pour moi, répondit Emma en lui montrant sa partition. J'ai un truc infaillible, tu verras.

La jeune femme rajusta le corsage de sa robe et tapota son chignon. Son visage se fit grave, comme si toute la concentration dont elle avait besoin avait dissipé la joie qui s'y lisait quelques instants plus tôt. Puis elle fit un pas en avant, inspira profondément et entra sur scène.

Harpo croisa les bras et attendit, certain qu'elle allait redresser la situation. Emma était un véritable rossignol qui ne décevait jamais son public. De fait, nombreux étaient les spectateurs à venir au théâtre rien que pour l'écouter chanter. Elle n'était pas particulièrement belle, mais elle débordait de talent. Et il était profondément injuste qu'elle se contente de se produire dans ce misérable théâtre de variétés.

Le garçon s'approcha du rideau poussiéreux et y chercha la petite ouverture qui permettait d'observer la scène depuis les coulisses. Assise au piano, Emma déplia sa partition et joua les premières mesures de sa mélodie. La chanson légère commença à tirer les spectateurs de leur torpeur.

– Elle chante comme un ange, n'est-ce pas ? murmura une voix grave à côté d'Harpo.

Le garçon eut l'impression qu'on lisait dans ses pensées. Mais il n'en fut nullement surpris : M. Sébastien, l'homme qui venait de parler, possédait de nombreuses qualités, certaines habilement dissimulées. C'était le ventriloque de la compagnie et son numéro consistait à imiter toutes les voix possibles pour que sa marionnette, M. MacGuffin, puisse s'exprimer en toute liberté. Les gens adoraient ses blagues et se tenaient les côtes chaque fois que le pantin intervenait. Mais, en réalité, c'était l'incroyable talent de M. Sébastien, qui savait

Prologue

remuer ses lèvres sans que le public s'en aperçoive, qui était admirable.

Le vieux monsieur au visage ridé était attachant. À travers la fente du rideau, il savourait, ébahi, les accents mélodieux de la meilleure artiste de la compagnie.

– Qu'est-ce qui vous est arrivé ce soir, monsieur Marx ? s'enquit M. Sébastien en laissant retomber le coin de la tenture.

– Je ne sais pas…, répondit le jeune homme. Je suppose qu'il s'est passé la même chose que les fois d'avant. Je ne parviens pas à séduire le public.

– Vous êtes trop sévère avec vous-même.

Le ventriloque leva la main droite, dans laquelle il tenait M. MacGuffin, et ce dernier fit oui de la tête.

Harpo sourit en voyant bouger la marionnette. Il avait beau savoir que c'était M. Sébastien qui l'actionnait, il avait l'impression que le pantin avait pris vie.

– Je crois que vous devriez chanter plus fort, n'est-ce pas monsieur MacGuffin ?

La pianiste qui en savait trop

La poupée recommença à opiner du chef, et un petit nuage de poussière s'échappa de sa tignasse.

— Je ne pense pas que ce soit le problème, répondit Harpo en les regardant tous les deux simultanément. J'ai une voix affreuse, criarde, qui ne vaut rien. Et je ne crois pas qu'il y ait un remède à cela.

M. Sébastien acquiesça sans un mot, d'un regard pétillant de malice. Il se tourna vers M. MacGuffin, qui haussa les épaules et secoua sa frimousse en papier mâché.

— Dans ce cas, pourquoi insistez-vous ?

Le jeune homme détourna la tête et observa Emma à travers l'ouverture du rideau. On voyait bien qu'elle prenait plaisir à faire son numéro. Il était digne d'une artiste de Broadway.

— Vous croyez qu'Emma est venue au monde en sachant chanter et jouer du piano ? reprit M. Sébastien en regardant le garçon droit dans les yeux. Aucun artiste ne naît avec la science infuse, chacun doit trouver sa voie. Et peu à peu les numéros ratés finissent par faire place à des triomphes.

Prologue

Le comédien approuva. Ce n'était peut-être en fin de compte qu'un coup de malchance. M. Sébastien lui montra de nouveau M. MacGuffin, qui avait levé une de ses mains et la lui tendait.

– Vous devez promettre à M. MacGuffin que votre prochain numéro sera infiniment meilleur que celui de ce soir, exigea le ventriloque.

Les yeux de la marionnette brillaient comme si le jouet de feutrine et de carton possédait véritablement une âme. Harpo songea qu'il n'avait pas d'autre choix s'il voulait continuer à faire partie de cette compagnie. Le théâtre était toute sa vie et il ne fallait pas qu'il se laisse abattre pour une représentation loupée. Chassant toutes ses mauvaises pensées, il sortit sa main de sa poche pour serrer celle de M. MacGuffin et sceller sa promesse. Mais soudain un cri déchirant retentit. La musique s'arrêta, remplacée par des hurlements et des appels à l'aide. M. Sébastien baissa le bras avec lequel il tenait M. MacGuffin, et la féerie s'évanouit d'un seul coup.

La pianiste qui en savait trop

M. Sébastien et le jeune comédien échangèrent un regard, puis tous deux écartèrent le rideau, juste à temps pour voir les spectateurs se lever de leurs sièges en poussant des cris affolés. Sur la scène, Emma gisait inerte au pied du piano.

1

La médaille du Citoyen

Quand Snouty vit la neige commencer à tomber, elle songea qu'elle avait beaucoup de chance. Non seulement parce qu'elle se trouvait dans une salle bien chauffée, mais surtout parce que être conviée dans l'un des plus prestigieux bureaux de la ville était un grand honneur.

Le commissaire Churchill, un vieil ami, venait d'être promu au rang d'inspecteur-chef. Son souci du détail et la qualité de son travail n'avaient pas échappé à ses supérieurs, de sorte que le chef de la police londonienne avait décidé de le récompenser en le nommant à un poste avec davantage de responsabilités. Churchill avait donc quitté le commissariat de quartier où il exerçait depuis toujours pour entamer une nouvelle carrière au sein de Scotland Yard. Dès qu'il eut pris ses fonctions, il invita Alfred, Agatha et Snouty à venir lui rendre visite. Il avait une nouvelle importante à leur communiquer.

Les enfants et la petite chienne étaient transportés d'enthousiasme, et depuis deux jours ils ne tenaient plus en place, même si aucun d'eux n'aurait su dire pourquoi M. Churchill avait demandé à les voir, si ce n'était pour fêter sa récente promotion.

– Je m'étonne que les membres de la meilleure agence de détectives de Londres n'aient pas deviné le motif de cette convocation, leur lança Churchill quand les enfants et la petite chienne furent convenablement installés.

Agatha échangea un regard surpris avec Alfred et Snouty. Depuis qu'elle avait fondé Miller & Jones, sa célèbre agence de filature, chacune des énigmes qui leur avaient été soumises avait été résolue. Mais, cette fois-ci, elle ne savait absolument pas quoi répondre.

– Comme vous le savez, ma promotion est la conséquence d'années de travail et d'efforts pour faire éclater la vérité, poursuivit Churchill en bombant fièrement le torse.

Alfred était bien d'accord. Depuis qu'il connaissait Churchill, il avait pu constater que le policier passait tout son temps à traquer les criminels pour les mettre derrière les barreaux. Il n'avait pas oublié la fois où son père, M. Hitchcock, l'avait emmené au poste pour le punir, et comment le commissaire Churchill l'avait enfermé dans une cellule. Le garçon sourit à ce souvenir lointain, car sans cet épisode il n'aurait jamais eu la chance de rencontrer Agatha et Snouty[1]. Et leurs aventures n'auraient jamais commencé.

– Comment va votre père, M. Hitchcock? demanda l'inspecteur, tirant Alfred de sa rêverie.

---

1. Voir *Les enquêtes d'Alfred et Agatha*, t. 1, «L'affaire des oiseaux».

La pianiste qui en savait trop

— Extraordinairement bien, répondit le garçon, surpris que Churchill ait deviné ses pensées. Il est très occupé, en ce moment, à la boutique, avec les fêtes de Noël qui approchent et...

— Je comprends, déclara le policier, laconique.

Il se leva de son énorme fauteuil en cuir et se dirigea vers le fond de la pièce.

Agatha jeta un coup d'œil circulaire au luxueux cabinet de travail, aussi grand qu'un jardin. Elle remarqua que les rayonnages qui tapissaient le mur étaient quasiment vides et que les maigres possessions que Churchill avait apportées de son ancien bureau suffisaient à peine à remplir la moitié des étagères.

L'inspecteur nouvellement promu ouvrit le tiroir d'un meuble de classement et en sortit quelque chose qui ressemblait à une enveloppe. Les enfants échangèrent à nouveau un regard surpris. L'homme s'avança vers eux, certain que la nouvelle qu'il s'apprêtait à leur annoncer n'allait pas les décevoir.

La médaille du Citoyen

– J'espère que M. Hitchcock trouvera un petit moment pour se joindre à nous, dans une semaine, sourit-il, une lueur malicieuse dans les yeux.

Alfred ne comprenait pas en quoi son père était concerné par cette visite, et il sentit l'angoisse lui retourner l'estomac. Il espérait que tout ceci n'était pas une nouvelle punition. Voyant la mine affolée du garçon, l'inspecteur décida que le moment était venu de lever une fois pour toutes le voile du mystère et tendit la missive aux enfants.

– J'ai l'immense honneur de vous informer qu'en raison des services rendus à la ville par l'agence Miller & Jones, le chef de la police et moi-même avons décidé de vous récompenser.

Agatha prit l'enveloppe et l'ouvrit aussitôt tandis que Snouty et ses deux bouts de queue frétillaient d'émotion.

– L'honorable institution de Scotland Yard, poursuivit Churchill, à laquelle j'appartiens depuis peu, a décidé de vous décorer. Une médaille vous sera décernée la semaine prochaine par le chef de la police en personne, à l'occasion d'une cérémonie officielle.

Snouty se mit à tourbillonner sur elle-même en aboyant. Alfred et Agatha bondirent de leurs sièges en poussant des cris de joie, incapables de réprimer leur enthousiasme. La lettre contenue dans l'enveloppe affirmait, en effet, que le chef de la police de Londres, la plus haute autorité de Scotland Yard, les remerciait de leur contribution et s'engageait à leur remettre la médaille du Citoyen. Une formidable décoration.

Voyant l'émotion des enfants, l'inspecteur croisa les bras et sourit fièrement.

– Votre agence nous a été d'une aide précieuse dans l'élucidation de nombreuses énigmes. Et, pour être tout à fait honnête, mademoiselle Agatha, c'est en grande partie grâce à vous que j'ai été promu à ce nouveau poste, reconnut-il.

Agatha resta bouche bée. Elle était loin de s'imaginer qu'une chose pareille aurait pu arriver quand elle avait fondé l'agence. Au début, elle avait mené des enquêtes avec Snouty pour s'amuser. Mais petit à petit leur perspicacité s'était affinée, et lorsque Alfred s'était joint à elles, l'agence Miller & Jones s'était vu confier des affaires de plus en plus sérieuses. Et le souvenir de certaines enquêtes faisait frissonner la fillette.

L'inspecteur regagna lentement son fauteuil et posa son énorme postérieur sur le siège de cuir. Sur son secrétaire, une pile de documents attendait d'être examinée, et Agatha songea qu'il devait avoir beaucoup de travail.

– Vous ne nous avez rien dit de votre promotion, dit-elle, émerveillée par l'élégance du vaste bureau. Êtes-vous satisfait de votre récente nomination ?

– Pour être franc, je n'ai pas encore eu le temps de m'habituer au changement, concéda Churchill. Mais, à partir de maintenant, je vais me mettre au travail d'arrache-pied.

– Vraiment ? Agatha posa ses petits doigts blancs sur le dessus de la table. Quelque nouvelle énigme à résoudre ?

La pianiste qui en savait trop

Churchill observa la fillette en silence, puis un sourire se dessina sur ses lèvres. La curiosité de la jeune détective était sans limites. Il laissa passer plusieurs secondes, jusqu'à ce qu'Agatha commence à s'impatienter, avant de répondre :

— On m'a confié ma première enquête, ce matin. Il s'agit d'une affaire tout à fait étrange et complexe. Et qui exige la plus grande discrétion.

— Naturellement, inspecteur, balbutia Agatha en baissant le menton.

Elle regrettait d'avoir essayé de lui soutirer des informations. Sa curiosité excessive aurait pu mettre Churchill dans l'embarras.

L'homme garda quelques instants le silence, puis éclata de rire en jetant un coup d'œil complice à Alfred.

— Mademoiselle Miller, c'était une blague ! La moitié de Londres est déjà au courant de l'affaire en question !

La fillette était mortifiée. Le policier n'avait fait que la taquiner, mais elle avait horreur que les gens se moquent d'elle. Voyant qu'il ne s'agissait que d'une plaisanterie, elle laissa son amour-propre de côté et entreprit de s'informer sur cette enquête tellement importante que tout le monde sauf elle en avait déjà connaissance.

— Que s'est-il passé, inspecteur Churchill ?

Le policier déplia un exemplaire du *Times* sur la table, devant eux, et déclara :

— Il s'agit de Sarah Bernhardt, la célèbre tragédienne. Elle a mystérieusement disparu.

— Sarah Bernhardt ? Mais c'est impossible ! s'exclama Agatha. Ne serait-ce pas une autre de vos plaisanteries ?...

— Non, mademoiselle, répondit le policier en leur montrant le journal. Regardez vous-mêmes. Ce matin la presse a publié la nouvelle, même si nous, à Scotland Yard, étions déjà au courant depuis hier.

DISPARUE
La grande Sarah Bernhardt recherchée par la police

La pianiste qui en savait trop

Alfred s'approcha pour jeter un coup d'œil à la une. Mais ce fut comme s'il n'avait rien lu. Car il ne savait pas qui était cette Sarah Bernhardt et ne comprenait pas pourquoi Agatha avait eu l'air tellement effarée en apprenant la nouvelle. Peut-être était-ce parce qu'il n'était pas allé souvent à la comédie ou à l'opéra. Pour tout dire, il n'avait jamais mis les pieds dans un théâtre. Mais Agatha, qui était issue du quartier le plus chic de Londres, pourrait certainement éclairer sa lanterne.

– Sarah Bernhardt est une actrice célèbre, expliqua la fillette. Pour ne pas dire la meilleure. Elle a été la première à fonder sa propre compagnie en France et à se produire dans le monde entier. De plus, elle est propriétaire de plusieurs salles de spectacle. C'est une légende vivante.

– En effet, confirma Churchill. La grande Sarah Bernhardt était à Londres depuis deux mois, où elle supervisait les travaux de construction de son nouveau théâtre. Et voilà que depuis deux jours plus personne n'a de nouvelles d'elle, pas même sa camériste. C'est elle qui a donné l'alerte en constatant que Mme Bernhardt n'était pas rentrée chez elle. Ses valises sont toujours dans la penderie, et personne ne sait où elle est allée. C'est à croire qu'elle a disparu dans les entrailles de la terre.

– C'est curieux en effet, commenta Alfred, pensif. Je suppose qu'il va falloir interroger ses voisins, au cas où ils auraient remarqué quelque chose.

– Nous l'avons fait, affirma Churchill. Personne n'a rien constaté d'anormal. Elle est sortie de chez elle samedi matin et n'est pas rentrée depuis. Nous avons également questionné les ouvriers du théâtre, mais ils n'ont rien pu nous apprendre d'intéressant.

Agatha imaginait sans peine l'inquiétude de l'inspecteur Churchill. Résoudre cette affaire était une priorité, car il allait devoir prouver que sa promotion était méritée.

Voyant la mine préoccupée de la fillette, le policier voulut la rassurer.

– Ne vous faites pas de souci. Je suis convaincu que nous allons la retrouver. J'ai résolu un si grand nombre de mystères au cours de ma carrière que celui-là ne me fait pas peur, déclara-t-il en se levant pour prendre congé des enfants.

Snouty sauta de son siège et traversa la pièce pour aller rejoindre ses amis.

Agatha ne savait comment remercier Churchill pour tout ce qu'il avait fait. Non seulement il avait demandé au chef de la police de leur remettre la médaille du Citoyen, mais il leur avait divulgué certains détails de l'enquête. Ce qui la comblait d'aise. Pour une humble détective comme elle, c'était un honneur de pouvoir côtoyer des personnalités aussi éminentes, en particulier quand celles-ci vous mettaient dans la confidence.

La fillette se dirigea vers la sortie en compagnie d'Alfred et de Snouty. Juste avant de franchir la porte, Alfred lança à l'inspecteur, qui venait de se plonger dans sa pile de dossiers :

– Si vous avez besoin de quoi que ce soit, vous pouvez compter sur nous !

La médaille du Citoyen

– Merci, monsieur Alfred. Je le sais parfaitement. Quand vous aurez reçu la médaille du Citoyen, vous pouvez être certains que je ferai appel à vous si l'occasion se présente.

2

La terre de toutes les promesses

Agatha, Alfred et Snouty marchaient dans Brown Street d'un pas alerte. On les aurait dits montés sur ressorts tant ils étaient fiers d'avoir été convoqués dans le bureau de Churchill.

– Non, mais, tu te rends compte ? s'exclama Alfred quand ils furent sortis de Scotland Yard. La médaille du Citoyen ! Mon père ne va pas en croire ses oreilles !

Sur le chemin du retour à Bayswater, le garçon n'avait cessé de gesticuler. Il agitait la lettre que leur avait remise l'inspecteur et la relisait à tout bout de champ tandis qu'Agatha et Snouty échangeaient des regards triomphants, certaines que la nouvelle allait se répandre comme une traînée de poudre dans tout le quartier.

— M. Churchill a été très chic, déclara Agatha quand ils tournèrent au coin de sa rue. C'est gentil de sa part de s'être souvenu de nous, alors qu'il n'y a que quelques jours qu'il a pris ses nouvelles fonctions.

— C'est vrai, reconnut Alfred. D'autant plus qu'il se retrouve avec cette affaire d'actrice évaporée sur les bras. Mais, au fait, que penses-tu de cette histoire ?

— Je ne sais pas, répondit son amie. La nouvelle de la disparition de Sarah Bernhardt m'a profondément choquée. Bien sûr, il est encore trop tôt pour avoir une idée claire de la situation. Mais j'ai comme l'impression que quelque chose de grave s'est produit.

— Pourquoi dis-tu cela ?

— Parce qu'un comédien ne se dérobe jamais à ses obligations, affirma Agatha, péremptoire. C'est une règle d'or chez les gens de théâtre. Le spectacle doit continuer coûte que coûte. Même quand quelqu'un est mort.

La terre de toutes les promesses

Une discipline aussi stricte surprit Alfred. Au collège Saint-Ignace, où il étudiait, on avait commencé à préparer la représentation de fin d'année. Le père Alexander avait insisté pour que les répétitions se fassent le plus tôt possible, et le garçon n'appréciait guère l'idée de devoir monter sur scène en compagnie de ses camarades de classe. Il ne comprenait pas comment on pouvait avoir envie de faire le clown sur une estrade pour se couvrir de ridicule. Rien que d'y penser, il en avait des sueurs froides. Quand il se retrouvait sous les feux des projecteurs, il déclenchait l'hilarité de ses camarades. Il avait supplié le père Alexander de ne lui confier que quelques répliques. Résultat, le professeur mécontent lui avait assigné le rôle principal.

– Ce n'est vraiment pas un métier pour moi, s'exclama le garçon. Pour ma part, je ferais n'importe quoi pour ne pas avoir à jouer dans la pièce du collège.

– Allons, tu exagères, lui répondit Agatha. Moi, j'adorerais participer à ce genre d'évènement au contraire. Ce doit être follement amusant.

La pianiste qui en savait trop

Elle savait que ses fêtes de Noël à elle ne seraient pas différentes de celles des années précédentes. Elle allait passer toutes ses matinées seule dans la bibliothèque à essayer de tuer le temps, car sa préceptrice serait en vacances et ses parents trop pris par le gala de charité que sa mère présidait tous les ans. Pouvoir tenir le rôle principal dans une pièce de théâtre pour enfants l'aurait comblée bien plus que n'importe quel cadeau au pied du sapin. Mais Alfred ne se rendait pas compte de sa chance et ne cessait de ronchonner depuis trois jours.

— Heureusement qu'on va te décerner la médaille du Citoyen, lui lança la fillette d'un ton moqueur. Comme ça, au moins, tu vas retrouver ta bonne humeur.

Puis elle poussa la grille de sa maison et entra, Alfred et Snouty à sa suite.

*

Dès qu'ils eurent franchi la porte du vestibule, Snouty s'élança vers la cheminée. Le trajet jusqu'à

La terre de toutes les promesses

Brown Street leur avait glacé les os, et il n'y avait rien de tel qu'un bon feu pour se réchauffer.

Alfred sortit la lettre de l'inspecteur et l'approcha de l'âtre avec mille précautions. Les flocons de neige avaient mouillé en partie l'enveloppe, mais pas le sceau majestueux de Scotland Yard apposé sur le côté gauche, heureusement.

– J'aurais dû faire plus attention, se lamenta-t-il en présentant la missive à la chaleur des flammes pour la sécher. J'aurais aimé qu'elle soit intacte quand nous allons annoncer la nouvelle à nos parents.

Agatha fit claquer sa langue. Elle n'était pas certaine que ce soit une bonne idée.

– Je crois que tu devrais la montrer aux tiens, mais je doute que les miens y prêtent beaucoup d'attention.

– Mais pourquoi ? C'est un grand honneur. Je suis sûr que ta mère va être fière de toi. Et si tu as honte de le lui dire toi-même, je m'en chargerai.

Juste comme il prononçait ces mots, Mme Miller entra dans le salon à petits pas rapides.

— Non, mais, que fait-elle ! Je n'arrive pas à croire qu'elle ne soit pas encore là ! s'écria-t-elle, fébrile.

Alfred regretta aussitôt la proposition qu'il venait de faire à Agatha. Mme Miller n'était clairement pas d'humeur à bavarder. On aurait dit une tornade. Dès qu'elle aperçut les enfants, elle s'élança dans leur direction.

— Ma chérie, tu es au courant ? Les journaux ne parlent que de ça. Sarah Bernhardt a disparu !

Les joues de Mme Miller étaient roses d'excitation.

Sa fille hocha la tête, résignée. Jamais sa mère ne comprendrait la réelle gravité d'une affaire comme celle-là. Pour elle, ce n'était rien de plus qu'un potin qui servirait à alimenter la conversation à l'heure du thé.

Alfred jeta un coup d'œil à l'enveloppe qu'il tenait toujours à la main. Il lança un regard en coin à Agatha et décida de remettre la lettre dans sa poche. Son amie avait raison, le moment était mal choisi pour discuter avec Mme Miller.

— J'espère que Mme Hubbard ne va pas trop tarder sans quoi je vais arriver en retard à la réunion, grommela Mme Miller en inspectant sa coiffure dans le miroir.

– Hercule ne t'emmène pas ? demanda Agatha surprise de ne pas voir le majordome.

– Il a reçu un télégramme urgent, expliqua sa mère. J'ignore ce que c'est, mais toujours est-il qu'il est parti en courant. Je lui ai dit qu'il pouvait téléphoner d'ici, mais il m'a répondu que c'était impossible et qu'il devait absolument se rendre au central télégraphique.

Snouty haussa un sourcil et consulta Agatha du regard.

– Résultat, tout mon emploi du temps est sens dessus dessous, poursuivit Mme Miller en agrafant son étole de fourrure. J'avais espéré qu'Hercule me conduirait à la réunion. Il ne reste que quelques jours avant le gala de bienfaisance et nous avons encore beaucoup à faire. Heureusement, Mme Hubbard a proposé de m'emmener.

Comme toujours, Clara Miller ne pensait qu'à elle.

Agatha songea qu'Hercule n'avait pas l'habitude de s'absenter ainsi en catastrophe. Il devait avoir un motif sérieux pour cela. Snouty, préoccupée elle aussi, s'approcha de la fenêtre. Mais avant qu'elle ait pu apercevoir quoi que ce soit au-dehors, la porte d'entrée s'ouvrit, et Hercule parut, couvert de neige.

— Désolé, madame Miller, s'excusa le majordome confus. Je n'ai pas pu rentrer plus tôt.

Après quoi il fut pris d'une violente quinte de toux.

— Hercule, de grâce, débarrassez-vous au plus vite de ces vêtements trempés ! s'exclama la mère d'Agatha. Vous allez attraper un rhume carabiné !

Le domestique pénétra dans le vestibule d'un pas chancelant. Les enfants se précipitèrent pour le soutenir et le mener jusqu'au fauteuil qui se trouvait à côté de la cheminée.

Mme Miller sortit une couverture d'un des placards de l'entrée et la mit sur les épaules du majordome. Le pauvre Hercule grelottait. Son visage était aussi blanc que la neige qui saupoudrait sa veste. Il enfouit ses mains sous le plaid et se recroquevilla sur lui-même.

La terre de toutes les promesses

– Comment avez-vous fait pour rentrer dans cet état ? le sermonna Mme Miller. Ne me dites pas que vous êtes allé au central à pied ?

– Malheureusement, la voiture est tombée en panne, répondit le pauvre homme presque à bout de souffle. J'ai essayé de la réparer, sans succès. Je n'ai eu d'autre choix que de la laisser sur place.

– Mais enfin, pourquoi n'avez-vous pas pris un taxi ? s'exclama la mère d'Agatha en levant les yeux au ciel.

– J'avoue que je n'y ai pas pensé, murmura Hercule en resserrant la couverture autour de lui.

Mme Miller soupira, contrariée. Alfred, lui, savait pourquoi il avait préféré rentrer à pied. Les taxis étaient un luxe. Le prix de la course équivalait pratiquement à une semaine de salaire pour un majordome.

Un coup de klaxon retentit au-dehors et Clara Miller se précipita à la fenêtre.

– C'est Mme Hubbard, s'écria-t-elle, soulagée. Hercule, prenez soin de vous et buvez un lait chaud. Les enfants vont s'occuper de vous. Moi, je file !

La pianiste qui en savait trop

Et elle s'élança vers la porte.

Après son départ, les jeunes détectives aidèrent Hercule à ôter sa veste mouillée. Le majordome se laissa faire sans rechigner, puis prit bien volontiers le lait chaud avec du miel qu'Agatha était allée lui préparer. Cependant il semblait perdu dans ses pensées, comme si quelque chose de grave le préoccupait.

La fillette échangea à nouveau un regard avec Snouty. L'air égaré du domestique n'avait pas échappé à la petite chienne. Celle-ci en profita pour grimper sur les genoux d'Hercule et lui tenir chaud.

Il observait un silence sépulcral. Son visage aimable était figé, tel un bloc de glace, et bien qu'il ait réussi à retrouver son souffle et à se réchauffer, ses mains continuaient de trembler. Sans doute le télégramme était-il la cause de ses tracas. Mais le domestique étant par nature quelqu'un de réservé, Agatha n'osait pas lui poser de questions.

Alfred s'approcha de la cheminée et jeta une belle bûche dans le feu pour le raviver. C'est alors qu'Hercule sortit brusquement de sa réserve.

La terre de toutes les promesses

— Mademoiselle Agatha, je... j'ai besoin de votre aide.

La jeune détective se retourna, bouche bée. Pas une seule fois au cours des nombreuses années qu'il avait passées au service des Miller, le majordome ne s'était autorisé à solliciter la moindre faveur. Elle avait raison : quelque chose de grave avait dû se produire.

— Hercule, que se passe-t-il ? demanda la fillette.

— Un drame terrible... épouvantable... Je vais être obligé de m'absenter quelque temps.

L'homme avala sa salive et baissa la tête. Les ailes de son nez se mirent à frémir comme s'il cherchait à contenir ses larmes. Pour finir, il leva les yeux vers Agatha.

— Ma sœur Emma a eu un grave accident.

— Emma ? répéta la fillette. La comédienne qui vit à New York ?

— Oui, mademoiselle, confirma-t-il, l'air accablé. J'en ai été informé ce matin par un télégramme que ses collègues du théâtre m'ont envoyé. Je ne sais pas grand-chose, si ce n'est qu'elle a été victime d'un accident alors qu'elle était sur scène et qu'elle se trouve à présent à l'hôpital, dans un état critique.

Agatha se remémora fugacement le visage d'Emma, dont elle avait fait la connaissance par une chaude journée d'été. Elle était encore toute petite à l'époque, mais elle se souvenait de la promenade qu'elles avaient faite ensemble à Hyde Park. Quelques jours plus tard, quand Hercule l'avait emmenée au théâtre pour l'écouter chanter, la fillette avait trouvé la jeune femme blonde très élégante dans sa robe de scène. Après cela, elle n'avait plus eu de nouvelles d'Emma que de loin en loin, si bien que ses traits s'étaient peu à peu effacés de sa mémoire. La seule image qu'elle avait gardée d'elle était le portrait photographique qui se trouvait dans la chambre du majordome et où elle posait déguisée en Pierrot.

– Hercule, vous devez vous rendre à son chevet, affirma la jeune détective. Il ne faut pas vous soucier de nous en un moment comme celui-là.

– Je ne sais pas comment annoncer à votre père que je dois me rendre de toute urgence à New York, se lamenta le domestique. C'est loin et je vais devoir partir longtemps. Sans parler du prix du billet. Je vais être obligé de demander une avance sur mon salaire.

— Je pense que vous vous tracassez pour rien. Tout cela devrait pouvoir s'arranger, répondit la fillette pour le rassurer.

— Vraiment ? lança Alfred. Mais que comptes-tu faire ?

— Il y a longtemps que je ne suis pas allée rendre visite à ma grand-mère Miller à New York. Je crois que ce serait une jolie surprise pour elle, si nous y allions juste avant les fêtes de fin d'année. Et naturellement, Hercule est la personne toute désignée pour m'accompagner.

Le majordome se redressa d'un bond.

— C'est vrai, mademoiselle Agatha ? Vous pensez que votre père serait d'accord ?

— Mais bien entendu, répondit la fillette. Il sera ravi que je m'en aille alors que ma mère et lui sont en pleins préparatifs du gala de bienfaisance. De plus, la moindre des choses serait qu'il paie le billet de mon accompagnateur. Vous n'avez aucun souci à vous faire étant donné que nous voyagerons en première classe. Qu'en penses-tu, Alfred ? Ça te dirait de venir avec nous à New York ?

La suggestion de son amie était tellement énorme que le garçon crut qu'elle se payait sa tête. Comment Agatha pouvait-elle lui faire une telle proposition ?

– Mais oui, Alfred, ne prends pas cet air ahuri, déclara la fillette. New York est une ville pleine de surprises et je suis sûre que tu adorerais aller là-bas. Mais si tu ne veux pas... rien ne t'y oblige.

Le garçon continuait de la fixer, bouche bée. Une telle occasion était véritablement extraordinaire. Visiter la « Grosse Pomme » était son rêve de toujours. Et Agatha était certaine qu'il ne pouvait pas refuser. Mais soudain une terrible pensée lui traversa l'esprit tel un nuage noir obscurcissant ses espoirs.

– Il y a une chose importante à laquelle tu n'as pas pensé, commença Alfred.

– De quoi veux-tu parler ?

La terre de toutes les promesses

– De mes parents. Tu sais bien qu'il va être très difficile de les convaincre.

– Mais voyons, Alfred ! Qu'est-ce que tu racontes ? Comment pourraient-ils te refuser pareille opportunité ? L'Amérique est un pays extraordinaire, la terre de toutes les promesses, et New York regorge de curiosités ! C'est une expérience unique pour n'importe quel enfant. Tu penses sincèrement que ton père et ta mère ne vont pas vouloir te laisser partir ?

*

– Il n'en est pas question ! s'écria la mère d'Alfred. Tu es tombé sur la tête, ma parole !

Mme Hitchcock regardait son fils, effarée. Elle agitait nerveusement sa cuillère et la purée de pommes de terre commençait à se répandre sur la nappe.

Alfred avait essayé de lui présenter la chose de la façon la plus attrayante possible. Il avait attendu l'heure du dîner, le moment où ses parents étaient de meilleure humeur, pour leur annoncer la nouvelle.

La pianiste qui en savait trop

Mais celle-ci avait fait l'effet d'une bombe. Car, contrairement à ce qu'il avait espéré, un voyage à New York en compagnie d'Agatha ne leur semblait pas raisonnable du tout. Tous deux le contemplaient d'un air sombre tandis que la viande en sauce refroidissait dans leurs assiettes.

– Parce que tu t'imagines que tu peux aller à New York comme ça, d'un coup de baguette magique ? reprit Mme Hitchcock.

– Pas d'un coup de baguette magique, se défendit le garçon. Agatha m'a invité. Cela ne vous coûtera pas un sou et, de plus, vous n'avez aucune crainte à avoir, car nous séjournerons dans la maison de sa grand-mère. Ce sera une expérience unique !

Mme Hitchcock ouvrit si grand la bouche qu'Alfred se demanda si elle allait pouvoir la refermer. Elle lança un regard outré à son mari. Alfred pria le ciel pour ne pas être puni de son insistance. Se retrouver dans une cellule au commissariat ne l'emballait guère, car qui savait comment serait le successeur de Churchill ?

La terre de toutes les promesses

– Alfred, écoute-moi bien, déclara Mme Hitchcock en serrant nerveusement sa serviette dans sa main. Agatha est une brave petite, mais tu dois comprendre que son train de vie et son éducation n'ont rien à voir avec ceux des enfants de l'East End. Ton père et moi n'avons rien contre le fait que vous soyez amis... Mais, là, tu dépasses les bornes !

Le garçon baissa la tête, conscient qu'il ne lui restait guère d'arguments pour faire pencher la balance en sa faveur. Il observa du coin de l'œil M. Hitchcock. Ce dernier, la fourchette levée, hochait la tête en silence.

– Et puis, tu sembles oublier le collège, ajouta sa mère en s'efforçant de se calmer. Si tu partais, tu serais obligé de manquer deux semaines de cours, et ton père et moi ne sommes pas d'accord.

– Mais nous n'allons rien faire d'autre que répéter la pièce de théâtre de Noël ! protesta Alfred en croisant les bras sur sa poitrine. Je déteste jouer la comédie, et puis quelle perte de temps !

– Peut-être, mais c'est comme ça, intervint M. Hitchcock d'un ton cassant. Tu vas à l'école dans un collège de l'East End. Et si tu dois partir en vacances, ce sera à Bedford, avec nous, comme chaque année.

— Mais Bedford n'a rien à voir avec New York ! Comment peux-tu les comparer ?

— Bedford est le seul voyage que notre famille puisse s'offrir. Pour toi, ce n'est peut-être pas suffisant, mais j'en connais beaucoup qui seraient heureux de pouvoir aller passer quelques jours de vacances loin de Londres. Tout le monde n'a pas cette chance.

Alfred sentit des larmes de colère et d'impuissance lui monter aux yeux. Il n'arrivait pas à croire que ses parents puissent lui refuser un voyage comme celui-là et ne savait pas quoi faire ou dire pour les convaincre.

— Comprends-nous bien, mon garçon, insista Mme Hitchcock, apportant de l'eau au moulin de son mari. Nous ne faisons pas partie du même monde. Ta place à toi est ici.

Ses paroles le révoltaient.

— Tu veux dire que parce que je suis né dans l'East End je ne pourrai jamais aller à New York ?

La terre de toutes les promesses

Sa mère regarda son époux, l'air grave, avant de se tourner vers son fils.

– Un jour peut-être, quand tu seras grand. Mais, pour l'instant, c'est hors de question.

– C'est injuste !

Alfred repoussa bruyamment sa chaise et se leva de table, furieux. Puis il sortit de la cuisine en trombe. Mme Hitchcock l'écouta monter les marches de l'escalier puis s'enfermer dans sa chambre. Elle soupira, prit l'assiette encore fumante de son fils, la couvrit et alla la poser sur le buffet. Un jour, peut-être, il comprendrait qu'on ne pouvait pas tout avoir.

3

Préparatifs de voyage

– Quel dommage que tu ne puisses pas venir avec nous ! se lamenta Agatha en refermant sa valise. New York t'aurait beaucoup plu.

La fillette était triste de devoir se séparer d'Alfred. Il était devenu son meilleur ami, son bras droit à l'agence, et elle avait du mal à se faire à l'idée qu'elle n'allait pas le voir pendant longtemps.

Snouty était du même avis. Ce brave garçon, pour qui elle avait eu une terrible antipathie au début, avait su la conquérir. Et, maintenant, il la gâtait et était presque autant aux petits soins pour elle qu'Agatha.

La pianiste qui en savait trop

Le voyage à New York n'allait pas être aussi amusant sans lui.

Mais les parents d'Alfred s'étaient montrés intraitables, et Agatha n'avait pas voulu insister quand le garçon, le cœur lourd, avait décliné son invitation. Mieux valait ne pas s'immiscer dans ses affaires familiales. Tout ce qu'elle espérait, c'était que sa proposition n'avait pas vexé les Hitchcock.

– Ne t'inquiète pas, l'avait rassurée son ami. Mes parents veulent que je reste à Londres pour aider mon père au magasin. Il a beaucoup de travail ces temps-ci, et il sera content que je lui donne un coup de main. Ce sera pour une prochaine fois.

Agatha avait le sentiment que ce n'était pas là la seule raison du refus de ses parents. Mais elle ne voulait pas le mettre mal à l'aise en le pressant de questions. C'est pourquoi elle prit la mallette qui devait contenir les affaires de Snouty et l'ouvrit toute grande sur le lit.

La chienne sauta sur le lit en agitant ses deux bouts de queue. Elle regardait Agatha placer dans la petite

Préparatifs de voyage

valise quelques pull-overs de laine, conçus spécialement pour les chiens, ainsi que son indispensable coussin rouge à galon doré. La fillette s'assura qu'elle n'avait rien oublié, puis s'assit, elle aussi, sur la courtepointe et déplia un plan de la ville de New York que son père lui avait donné le matin même.

– Tout d'abord, nous allons nous rendre à la gare de Paddington pour prendre le train jusqu'à Liverpool, expliqua-t-elle. Là-bas, nous embarquerons sur un paquebot qui nous emmènera à New York en cinq jours.

Alfred enviait cette vie facile où rien, jamais, ne semblait compliqué. Les Miller pouvaient se permettre de faire ce qu'ils voulaient sans compromettre pour autant leur honneur ou leur amour-propre. Il rêvait lui aussi d'appartenir à un monde où les gens prenaient le train et le bateau chaque fois qu'ils en avaient envie.

– Une fois à New York, nous irons directement chez grand-maman Miller à Union Square. Elle n'habite pas loin de l'hôpital, ainsi Hercule pourra se rendre immédiatement au chevet d'Emma.

– J'aurais bien aimé pouvoir faire la connaissance de ta grand-mère. Ce doit être une grande dame de la société new-yorkaise.

– Tu plaisantes ? s'esclaffa la fillette en repliant la carte. Ce n'est pas comme cela que je la décrirais. Et je crois qu'elle détesterait qu'il en soit ainsi.

Comme Alfred haussait un sourcil surpris, Agatha se mit debout et entreprit de lui expliquer la situation :

– Grand-maman Miller a toujours fait ce qu'elle voulait sans permettre à quiconque de décider à sa place. Depuis toujours, elle a recherché la compagnie des chanteurs, des gens de théâtre et des artistes en général. Elle gagne sa vie en écrivant des romans. Bref, elle est ce que ma mère considère comme une « personne excentrique ». Mais moi je crois que les autres devraient prendre exemple sur elle et sur sa façon de se comporter.

Alfred ne savait pas grand-chose de la grand-mère Miller, mais le peu qu'il avait entendu à son sujet l'avait conduit à penser que c'était une dame ennuyeuse et hautaine, dont le seul souci était de

Préparatifs de voyage

recevoir ses amies à l'heure du thé. Jamais il n'aurait imaginé que la mère de M. Miller puisse être un personnage aussi extravagant. Encore que, connaissant sa petite-fille, cela n'avait rien d'improbable.

La sonnette de la porte d'entrée interrompit ses réflexions.

Il était rare que des visiteurs se présentent à la maison à l'improviste. Les parents d'Agatha étaient absents et elle n'attendait personne. Le timbre carillonna une deuxième fois. Songeant qu'Hercule était occupé à faire ses bagages, Agatha décida d'aller ouvrir elle-même, car la sonnette continuait de retentir avec insistance. Elle échangea un regard intrigué avec ses amis, puis tous trois dévalèrent les escaliers, curieux de voir qui était à la porte.

*

— Inspecteur Churchill ! Quelle surprise !

Agatha mena l'ex-commissaire jusqu'au salon, Alfred et Snouty à sa suite, et tout aussi surpris qu'elle par la visite inopinée de Churchill chez les Miller.

La pianiste qui en savait trop

— Veuillez m'excuser de me présenter chez vous ainsi, au débotté, mademoiselle Agatha. Mais il s'agit d'une affaire urgente que je voulais régler au plus vite.

Voyant l'air affolé des enfants, l'inspecteur s'empressa de les rassurer :

— Oh non, non ! Pas d'inquiétude. Je suis juste venu pour vous dire qu'à mon grand regret, nous allons devoir reporter la cérémonie de la médaille du Citoyen.

Cette nouvelle eut sur Alfred l'effet d'une douche froide en plein hiver. Non seulement il n'allait pas pouvoir partir en voyage avec Agatha, mais il ne recevrait pas sa décoration.

— Ce n'est pas grave, inspecteur Churchill, intervint la fillette en voyant la tête de six pieds de long de son ami. Alfred et moi nous disions justement que cette remise de médaille était un peu précipitée. Vous venez seulement de prendre vos nouvelles fonctions et êtes certainement très occupé.

— Non, non, mademoiselle, vous n'y êtes pas, expliqua Churchill. La raison est que je dois m'absenter

Préparatifs de voyage

sur-le-champ. Une affaire urgente requiert toute mon attention.

– Quelle sorte d'affaire ? s'enquit la fillette.

– Je ne peux malheureusement pas vous en dire plus. Sachez simplement qu'elle a pris le pas sur tout le reste. Je vais être obligé de déléguer mes autres enquêtes, y compris celle sur Sarah Bernhardt, à mes collègues, car j'ignore encore pendant combien de temps je serai parti.

Agatha fut désolée de l'apprendre. Même si, compte tenu de ses grandes compétences, elle s'était attendue à ce que Churchill se voie confier des affaires délicates. Elle savait que, s'il l'avait pu, l'inspecteur lui aurait révélé davantage de détails. C'est pourquoi elle ne chercha pas à en savoir plus, certaine que le policier ne manquerait pas de lui relater toute l'affaire par le menu quand celle-ci serait résolue.

– Mademoiselle Agatha, je suis désolé, mais je ne peux pas m'attarder, s'excusa l'inspecteur en remettant son chapeau.

La pianiste qui en savait trop

— Ne vous inquiétez pas, monsieur Churchill. Nous comprenons parfaitement, répondit la fillette en commençant à longer le couloir pour accompagner le brave homme jusqu'à la porte.

Churchill suivit les enfants jusqu'au vestibule. Il aurait aimé pouvoir prendre le thé avec eux, mais c'était impossible. Il allait sortir quand il remarqua l'objet qu'Agatha tenait à la main.

— C'est un plan de New York ? demanda-t-il, intrigué.

— En effet, répondit fièrement la jeune détective. La sœur d'Hercule est tombée gravement malade, et nous avons décidé d'aller chez ma grand-mère, à New York, pour qu'il puisse se rendre au chevet d'Emma. Nous partons demain.

— Hercule ? s'étonna Churchill. J'ignorais qu'il avait une sœur qui vivait aussi loin.

— Oui, confirma Agatha. Elle travaille dans un théâtre. C'est une excellente artiste, je puis vous l'assurer.

Préparatifs de voyage

Le commissaire inclina la tête de côté, l'air surpris, mais quand son regard croisa celui d'Alfred, ce dernier détourna les yeux.

– Je ne fais pas partie du voyage, l'informa le garçon, une pointe de mélancolie dans la voix. Mon père a besoin que je l'aide au magasin, et nous avons pensé qu'il valait mieux que je reste ici.

– Je suis navré de l'apprendre, monsieur Alfred, répondit l'inspecteur sincèrement déçu pour le garçon. Mais ne vous en faites pas. Il y aura sûrement une autre occasion. New York ne va pas changer de place.

Alfred hocha la tête, cherchant quelque réconfort dans les paroles affables du policier.

Snouty courut se poster à la fenêtre pour regarder s'éloigner l'inspecteur. Ce dernier traversa le porche, ses mains enfouies dans les poches de son pardessus, puis s'engagea dans l'allée qui menait au portail. Il venait de franchir la grille et allait la refermer derrière lui quand il se retourna soudain pour jeter un dernier coup d'œil à la maison des Miller. Une douce chaleur envahit le cœur de la petite chienne comme si l'inspecteur lui avait transmis des ondes bienfaisantes.

*

Une foule compacte de voyageurs se pressait dans la gare de Paddington. La solennité de l'édifice, richement ornementé, ne faisait qu'accentuer la tristesse d'Alfred. Le garçon marchait comme un fantôme sur le quai. Il n'arrivait pas à croire qu'Agatha et Snouty s'en allaient sans lui.

Comme il aurait aimé faire partie de l'aventure ! La veille au soir, sitôt rentré chez lui, il était monté se coucher sans dîner. Sa mère avait eu beau frapper à la porte de sa chambre pour lui dire que la soupe était prête, il était tellement désappointé qu'il n'avait même pas daigné lui répondre. Mme Hitchcock avait fini par redescendre sans insister pour ne pas retourner le couteau dans la plaie.

Il en voulait beaucoup à ses parents de n'avoir pas cherché à le comprendre. Ils avaient rayé son beau rêve d'un trait de plume. Avant de sortir, ce matin-là,

Préparatifs de voyage

Alfred avait posé l'enveloppe de la médaille du Citoyen sur la table de la cuisine, persuadé que sa mère la trouverait quand elle rentrerait à la maison. Il savait que c'était un procédé peu élégant et qu'il aurait dû lui annoncer la nouvelle lui-même. Mais il était trop en colère.

Après avoir passé la journée à méditer son geste, il s'était finalement calmé et en était venu à la conclusion qu'il s'était montré injuste envers ses parents. Ceux-ci avaient sans doute de bonnes raisons de ne pas le laisser partir. Peut-être craignaient-ils qu'il ne sache pas se débrouiller tout seul. Néanmoins, Alfred avait appris à se déplacer dans le centre de Londres sans l'aide de personne, et il aurait aimé pouvoir leur prouver qu'il était capable d'en faire autant dans une autre ville.

Il était tellement perdu dans ses pensées qu'il n'avait même pas remarqué qu'ils étaient arrivés au train. Une fois devant le wagon, il savait qu'il allait devoir faire ses adieux, mais il voulait retarder le plus possible cet instant fatidique.

— Il est presque l'heure, constata Agatha en jetant un coup d'œil à l'horloge sur la façade du bâtiment.

Hercule se dirigea vers le marchepied où se tenait le contrôleur, pour acheter les billets, et un silence douloureux s'installa entre Alfred et Agatha.

Snouty poussa un petit gémissement. Elle n'était pas d'accord pour laisser Alfred sur le quai et exprimait tout haut ce que les enfants pensaient tout bas.

— Ne sois pas triste, Alfred, dit Agatha en posant une main sur l'épaule du garçon. L'un de nous doit rester à Londres de toute façon, au cas où une nouvelle affaire se présenterait.

Son ami acquiesça :

— D'accord. Je vais m'occuper de Miller & Jones en votre absence.

— Parfait, approuva la fillette. Ce ne sera pas bien long. Dans deux semaines tout au plus, nous serons de retour. Je t'écrirai tous les jours pour te donner des nouvelles. D'accord ?

Alfred sourit enfin. Il ne savait pas comment dire à ses amies combien elles allaient lui manquer et se

Préparatifs de voyage

demandait s'il convenait de serrer la main d'Agatha en pareilles circonstances, mais la fillette ne lui laissa pas le temps de réfléchir, et ce fut elle qui le prit dans ses bras tandis que leurs yeux se remplissaient de larmes. Snouty se dressa sur ses pattes arrière et lécha la main de son ami. Et tous trois s'étreignirent avec force.

Le chef de gare donna un coup de sifflet pour annoncer le départ.

Hercule, qui les observait depuis le marchepied, était impatient qu'Agatha et Snouty montent à bord, même s'il restait encore quelques minutes avant que la locomotive démarre. Juste au moment où la fillette et la petite chienne tournaient les talons et où le garçon les saluait de la main, des cris retentirent au loin, attirant l'attention des voyageurs qui n'étaient pas encore montés dans le train.

– Un instant, s'il vous plaît ! Attendez !

Le majordome étira le cou pour voir d'où provenait cet éclat. Il manqua défaillir quand, parmi la cohorte des passagers qui se pressaient dans la gare, il aperçut les parents d'Alfred.

La pianiste qui en savait trop

Mme Hitchcock fendait la foule en traînant son mari dans son sillage, et ne cessa pas de crier jusqu'à ce qu'elle eût atteint la portion de quai où se trouvait son fils.

– Mais, maman, que faites-vous ici ? s'exclama le garçon en voyant sa mère hors d'haleine. J'allais rentrer aussitôt à la maison.

Mme Hitchcock le considéra un instant en silence. Puis elle prit une valise des mains de son mari et la déposa devant les pieds d'Alfred.

– Nous t'avons apporté ceci.

Le cœur du garçon bondit dans sa poitrine. Il regarda le bagage comme s'il venait de décrocher le gros lot, quoique sans être absolument certain d'être l'heureux gagnant.

– Vous voulez dire que je peux aller à New York ? demanda Alfred d'une voix tremblante.

Mme Hitchcock vint se planter devant lui.

– Écoute-moi bien. Tu dois nous promettre de faire bien attention à toi.

Préparatifs de voyage

Alfred avala sa salive et lança un regard à ses amies. Agatha et Snouty étaient immobiles et silencieuses, elles aussi stupéfaites par cette apparition inattendue. Mme Hitchcock prit tendrement le menton de son fils entre ses doigts, en plongeant ses yeux dans les siens, et déclara :

– New York est une très grande ville, Alfred. Bien plus vaste que tu ne l'imagines. Et un garçon de douze ans, comme toi, doit toujours rester sur ses gardes. Crois-moi, mon enfant, le danger peut arriver là où on s'y attend le moins. Alors, prudence !

Le jeune détective acquiesça d'un hochement de tête, l'air grave. Il savait qu'il devait rassurer sa mère à tout prix. Il croisa le regard de son père. Il était aussi tendu que son épouse.

– Je te promets d'être très vigilant, maman, dit-il, les larmes aux yeux. Et je te garantis que tu seras fière de moi.

Le menton de Mme Hitchcock se mit à trembler. La femme s'agrippa à son fils comme s'il s'agissait d'un trésor. M. Hitchcock se joignit à eux et caressa la tête brune d'Alfred sans dire un mot.

Un dernier coup de sifflet annonça que le départ du train était imminent. Le bruit des machines s'amplifia, et une épaisse fumée blanche se répandit sur le quai. Les parents d'Alfred l'embrassèrent, puis le garçon empoigna sa valise, fou de joie, et courut rejoindre Agatha et Snouty. Il n'y avait plus de temps à perdre, car la locomotive s'ébranlait. Les quatre voyageurs gagnèrent leur wagon en vitesse.

Aussitôt arrivé dans le compartiment, le jeune détective abaissa la vitre pour dire une dernière fois au revoir à ses parents. Il les vit qui agitaient les mains puis commençaient à rapetisser à mesure que le train s'éloignait. Il voulut les suivre du regard, mais c'est à peine s'il parvint à les distinguer tandis qu'ils rebroussaient chemin.

Il se laissa tomber sur la banquette, sa petite valise sur ses genoux. Ils avançaient à présent à bonne allure en direction du port de Liverpool. Alfred savait que plus rien désormais ne pouvait le retenir. Son rêve

Préparatifs de voyage

était en train de devenir réalité, et il était submergé par l'émotion.

Tandis qu'il attendait le contrôleur pour acheter son billet, il fit jouer les serrures de sa valise pour jeter un coup d'œil à l'intérieur. Quand il souleva le couvercle, un immense sourire illumina ses traits. Sur le dessus de ses chemises parfaitement pliées et repassées, sa mère avait déposé l'enveloppe de la médaille du Citoyen.

4

L'arrivée à New York

Accoudé au bastingage du *Lusitania*, Alfred contemplait l'immensité de l'océan et la ligne bleue de l'horizon qui s'étendait à perte de vue.

Il aimait sentir le vent dans ses cheveux. Malgré le froid de la haute mer et la neige qui recouvrait le pont, cette brise marine lui procurait une sensation de liberté comme il n'en avait jamais connu auparavant.

New York était si proche qu'il pouvait presque sentir sa présence. Il aurait aimé pouvoir rester nuit et jour à son poste d'observation pour voir apparaître la ville à l'horizon.

La pianiste qui en savait trop

Il rajusta son cache-nez et jeta un coup d'œil derrière lui. Séparés de lui par une vitre, Agatha, Hercule et Snouty prenaient le thé dans les salons de première classe. Le personnel était aux petits soins pour eux, car le *Lusitania* mettait un point d'honneur à dorloter ses passagers.

Alfred songea qu'il avait beaucoup de chance, car voyager ainsi était un luxe réservé aux gens importants. Depuis qu'ils avaient embarqué, quelques heures plus tôt, il n'avait cessé de s'ébahir, même s'il se sentait un peu mal à l'aise parmi tous ces gens du beau monde. Il avait l'impression d'être un voyageur clandestin à bord de cet élégant paquebot, c'est pourquoi il avait préféré sortir pour se rafraîchir les idées en respirant l'air froid de l'Atlantique.

Il était depuis un petit moment accoudé au garde-fou quand un joyeux tapage sur le pont inférieur attira son attention. C'était un groupe de garçons qui donnaient des coups de pied dans un bloc de glace comme dans un ballon de football. Leurs voix résonnaient en écho contre les parois du bateau et Alfred sourit en les

L'arrivée à New York

voyant batailler pour s'emparer du morceau de glace. Malgré leurs vêtements élimés, ils avaient l'air de bien s'amuser et ne semblaient nullement envier ceux qui prenaient le thé à l'étage supérieur.

Alfred se rappela le moment où ils étaient arrivés dans le port de Liverpool. Juste avant de monter à bord, Hercule était parti à la recherche d'un porteur qui puisse se charger des cinq valises d'Agatha, et, pendant ce temps, Alfred avait observé les passagers qui embarquaient en troisième classe. C'étaient des gens modestes, qui souriaient à l'idée d'entreprendre un tel voyage, même si la plupart n'avaient pour tout bagage que ce qu'ils portaient sur eux.

Les garçons qui jouaient au foot continuaient de vociférer gaiement quand un membre de l'équipage survint pour les rappeler à l'ordre. N'ayant d'autre choix, la joyeuse bande mit fin à sa partie et rentra à l'intérieur. Alfred songea qu'il ferait bien de les imiter, car lui aussi commençait à se transformer en glaçon. Faisant demi-tour, il entra dans le petit salon où ses amis étaient toujours en train de goûter.

La pianiste qui en savait trop

— Je me réjouis que vous soyez de retour, monsieur Alfred, s'exclama Hercule. Il faut être téméraire ou fou pour rester dehors par un froid pareil. Vous m'avez épargné le désagrément de sortir vous chercher.

Alfred souffla sur ses mains, puis les frotta l'une contre l'autre pour les réchauffer. Il regarda Hercule et sourit. Le majordome n'avait plus le teint aussi gris que le jour où il avait reçu le télégramme et, même s'il était encore préoccupé, il ne pouvait pas dissimuler sa joie de revoir sa sœur. Il versa ce qu'il restait de thé dans la tasse en porcelaine d'Alfred.

— Je suppose que vous êtes impatient d'arriver à destination, déclara le garçon, touché par cette attention.

— En effet, monsieur Alfred. Je ne remercierai jamais assez Mlle Agatha de tout ce qu'elle a fait pour moi.

La fillette croisa ses mains avec contentement. Il lui semblait parfaitement naturel d'avoir tiré Hercule de ce mauvais pas, et elle était heureuse de rendre service chaque fois qu'elle le pouvait.

L'arrivée à New York

– Je vous ai déjà dit que ce n'était rien, Hercule, conclut-elle en prenant sa petite cuillère pour remuer le sucre au fond de sa tasse de thé. L'important c'est qu'Emma n'ait rien de grave et qu'elle puisse se remettre rapidement. Vous avez eu des nouvelles récemment ?

– Malheureusement non. Je ne sais rien de plus que ce qui était écrit dans le télégramme, répondit le majordome redevenu sombre. Il semblerait qu'elle se soit effondrée sur scène au beau milieu de son numéro.

– Au beau milieu de son numéro ? s'exclama Alfred, surpris. Ça a dû créer un sacré remue-ménage.

– Je crois qu'elle ne s'est rendu compte de rien, ajouta Hercule, l'air sombre. Voyant qu'elle ne reprenait pas connaissance, ses collègues l'ont emmenée à l'hôpital.

À ces mots, Alfred ressentit un certain malaise. Emma était peut-être très malade. Cependant, il ne voulut pas affoler le majordome et décida de ne pas insister. Il regarda Agatha qui semblait partager son inquiétude. Qui savait ce qu'ils allaient découvrir quand ils arriveraient à New York. La jeune détective s'efforça de dérider le domestique.

– Je me souviens d'Emma quand vous m'avez emmenée la voir au théâtre à Londres. Ce fut un grand moment pour moi.

– Vous avez une mémoire phénoménale, mademoiselle Agatha. Vous étiez haute comme trois pommes à l'époque. Vous aviez à peine quatre ans !

– En effet, confirma la fillette. Mais je n'oublierai jamais le visage d'Emma sous les feux des projecteurs. Elle était resplendissante.

– C'est vrai, reconnut le majordome. Depuis toujours, Emma s'est sentie attirée par les arts du spectacle. Elle a appris le piano de très bonne heure et adore jouer la comédie. Et, pour elle, ce fut une immense joie de pouvoir faire ses débuts sur scène à Londres.

– Ah oui ? s'étonna Alfred. Mais pourquoi est-elle partie à New York dans ce cas ?

– C'est que, malheureusement, le théâtre dans lequel elle travaillait a brûlé, expliqua Hercule. Sa compagnie s'est retrouvée à la rue du jour au

L'arrivée à New York

lendemain. La troupe a alors décidé d'aller tenter sa chance à New York. Ça n'a pas été facile pour elle de se faire un nom et de réaliser son rêve.

Le regard du domestique était tellement mélancolique qu'Alfred le crut au bord des larmes. Le garçon s'en voulut d'avoir abordé le sujet. Il baissa la tête, ne sachant comment combler le silence qui s'était installé. Hercule, de son côté, sortit un portefeuille de sa poche intérieure et en extirpa une photo. Il la contempla quelques instants avec émotion, puis la montra aux enfants et à Snouty qui s'étaient regroupés autour de lui pour essayer de le réconforter.

– C'est la plus récente que je possède d'Emma, expliqua-t-il. Elle a été prise il y a quelques mois avec le reste de la troupe avant son départ pour l'Amérique. Elle me l'a envoyée pour que je sache que tout allait bien.

Agatha s'empara avec mille précautions du cliché et l'étudia dans les moindres détails. Elle reconnut Emma au centre. Vêtue d'une toge grecque, elle posait, souriante, entourée de trois autres comédiens.

La pianiste qui en savait trop

Le décor représentait la Grèce antique et tous adoptaient une attitude très digne et légèrement exagérée. La dédicace figurant sur la photo était rédigée à l'encre bleue et d'une main élégante. Elle disait :
Depuis la terre de toutes les promesses, pour mon cher frère Hercule.

Le cœur de la fillette se serra et elle pria pour qu'Emma se remette bien vite.

*

– C'est la statue de la Liberté ! Je n'arrive pas à y croire !

Jamais Alfred n'avait ressenti une telle émotion. Depuis qu'il s'était levé, à l'aube, il n'avait cessé de tourner en rond sur le balcon privé de sa cabine. Il scrutait l'horizon, impatient de voir apparaître New York.

Agatha se mit à rire en voyant l'excitation qui s'était emparée d'Alfred et de Snouty. C'était la première fois que la petite chienne venait en Amérique et elle aboyait de joie à mesure que la statue se rapprochait.

L'arrivée à New York

— Je suppose que vous connaissez l'histoire de ce monument, déclara Agatha.

Voyant qu'Alfred et Snouty étaient suspendus à ses lèvres, elle décida de poursuivre son exposé :

— La statue de la Liberté fut offerte par le peuple français aux Américains. Elle a été apportée par voie maritime sous forme de pièces détachées qui ont été ensuite assemblées sur cette île, devenue depuis une attraction touristique. Elle reçoit chaque année de nombreux visiteurs.

Alfred observa attentivement l'énorme socle de pierre en forme d'étoile sur lequel reposait la statue. Une multitude de bateaux allaient et venaient entre l'îlot et le bras de terre couvert de gratte-ciel appelé Manhattan qui formait le cœur de la ville.

L'imposant *Lusitania* se frayait un passage entre les petites embarcations pleines de touristes. Ceux-ci contemplaient le transatlantique en acclamant chaleureusement les nouveaux venus, et Alfred se réjouit de constater combien les New-Yorkais étaient des gens accueillants. Cependant, contrairement à ce qu'il pensait, le paquebot ne se dirigea pas directement vers le port, mais fit une halte à côté d'une autre petite île toute proche.

– Il y a différents points de débarquement? s'étonna Alfred en voyant une longue file se former sur la passerelle.

– Pas à proprement parler, expliqua Agatha. Les passagers de troisième classe doivent s'arrêter sur Ellis Island pour y passer une inspection. Il s'agit d'une simple formalité.

Le garçon hocha la tête. Jamais il n'avait entendu parler de cette pratique. Il balaya du regard les voyageurs de première classe qui contemplaient eux aussi la scène, avec curiosité, et se réjouit de se trouver parmi eux. Débarquer à New York même était certainement plus glorieux que de devoir passer une journée entière à faire la queue sur un îlot.

Une fois les troisièmes classes descendues, le *Lusitania* reprit sa route, en direction de Manhattan cette fois. Alfred sentit un souffle chaud contre sa

L'arrivée à New York

jambe. C'était Snouty qui, tout aussi impatiente que lui de débarquer, contemplait la silhouette des buildings se découper sur l'horizon.

Après avoir contourné le port par la droite, le paquebot ralentit et accosta. Les enfants et Snouty dévalèrent les escaliers. Ils avaient hâte de toucher la terre ferme du Nouveau Monde. Ils parcoururent le labyrinthe de coursives qui menaient au quai de débarquement numéro 17 où se pressait la foule venue accueillir amis et parents.

– J'imagine que grand-maman Miller n'est pas là, commenta Agatha en scrutant la multitude. Il n'y a rien de plus ennuyeux que de passer la matinée à attendre sur le débarcadère.

Mais à peine avait-elle prononcé ces mots qu'un cri retentit, comme pour lui prouver qu'elle se trompait.

Alfred se redressa et chercha du regard l'auteur de l'appel. Il n'eut aucun mal à identifier la silhouette de la grand-mère Miller qui continuait à pousser des cris de joie en s'ouvrant un chemin parmi les dames élégantes, impatiente de serrer sa petite-fille dans ses bras.

– Ma chérie ! s'exclama-t-elle dès qu'elle la vit. Comme je suis heureuse de te revoir !

Elle écrasa Agatha contre son opulente poitrine, presque à l'étouffer.

Cette effusion ne manqua pas de surprendre Alfred, car la vieille dame appartenait à une classe sociale où l'on n'exprimait guère ses sentiments. La grand-mère continua d'étreindre Agatha et de la couvrir de baisers jusqu'à ce que Snouty, tout excitée, exige, elle aussi, un peu d'attention.

– Snouty ! s'écria la vieille femme. C'est gentil à toi aussi d'être venue me rendre visite ! Je serai ravie de pouvoir accueillir une demoiselle de la gent canine dans mon appartement.

La grand-mère se baissa vers la petite chienne et lui baisa le museau sans la moindre réserve. Snouty bondissait de joie. Enfin, la vieille dame releva la tête et aperçut le garçon qui, sa valise à la main, attendait en silence d'être présenté. Elle se redressa lentement, sans quitter Alfred du regard, et vint se planter devant lui de toute son imposante personne.

L'arrivée à New York

– Quelque chose me dit que tu es Alfred Hitchcock. Le meilleur détective de tout l'East End de Londres. Je me trompe ? Les yeux gris de grand-maman Miller scrutaient attentivement le garçon. Tu n'aimes ni les œufs ni les criminels. Nous allons donc faire en sorte de les exclure du menu. Ça te va ?

Alfred n'en revenait pas. La grand-mère d'Agatha avait l'air de parfaitement savoir qui il était. Il supposa que cette description fidèle était l'œuvre de sa petite-fille. Il lui tendit la main pour la saluer, mais la grosse dame l'enserra entre ses deux énormes bras.

– Très cher petit ! Je suis ravie de pouvoir faire enfin ta connaissance ! Agatha m'a beaucoup parlé de toi, dans ses lettres.

Et elle couvrit de baisers le front du garçon.

Agatha rit de voir son ami aussi stupéfait. Grand-maman Miller était un personnage. Une véritable tornade, toujours radieuse et prête à accueillir de nouvelles connaissances. La fillette était tellement heureuse qu'elle ne se rendit pas compte qu'il manquait quelque chose. Puis elle aperçut Hercule qui poussait un chariot sur lequel étaient empilées leurs valises. Le majordome arrivait dans leur direction, l'air contrarié.

– Mais enfin, mademoiselle Agatha, où étiez-vous donc tous passés ? Je vous avais demandé de m'attendre au pied de la passerelle ! J'ai cru devenir fou à force de vous chercher !

Hercule était aussi blanc qu'une feuille de papier, et la fillette s'en voulut d'avoir fait tourner le majordome en bourrique alors que ses nerfs étaient déjà durement éprouvés.

– Oh, je suis désolée, s'excusa-t-elle. Nous avons aperçu ma grand-mère dans la foule et avons couru la rejoindre.

Avisant la vieille dame, le domestique se redressa comme pour se mettre au garde-à-vous, puis exécuta une profonde révérence.

– Hercule, s'il vous plaît ! Pas de cérémonie ! ordonna Mme Miller. On dirait que vous avez avalé un manche à balai. Rappelez-vous qu'ici vous êtes mon invité et que je n'ai pas besoin de domestique.

L'arrivée à New York

Alors, je vous en prie, détendez-vous. Nous sommes à New York, que diable !

Et elle assena deux tapes vigoureuses sur l'épaule du majordome.

Hercule acquiesça poliment d'un signe de tête. Il ne voulait pas avoir l'air ingrat, mais, pour lui, découvrir les plaisirs de la ville n'était pas une priorité.

Agatha devina ce qui le tracassait. Prenant sa grand-mère par le bras pour ramener un peu de calme, elle lui rappela le véritable motif de la présence d'Hercule à New York.

– Je ne pense pas qu'Hercule veuille faire du tourisme, grand-maman, dit-elle d'une voix paisible. Nous devons nous rendre à l'hôpital le plus vite possible.

5

Une étrange maladie

Les interminables couloirs de l'hôpital Saint-Vincent étaient inondés de lumière blanche. Alfred n'avait jamais vu un centre médical aussi gigantesque, mais à peine eurent-ils franchi la porte qu'une infirmière leur proposa aimablement de les escorter.

On aurait dit qu'à New York, il y avait de l'espace en trop. Le garçon était resté bouche bée tout au long du trajet en taxi à travers Manhattan et ses rues bordées de gigantesques gratte-ciel. Tout ici était surdimensionné. Autant en hauteur qu'en largeur.

De plus, il était facile de s'orienter dans cette ville où les avenues rectilignes formaient une sorte de damier.

Mais sans doute était-ce la seule chose bien organisée. Car lorsqu'ils avaient poursuivi leur chemin jusqu'à l'hôpital, après avoir déposé Snouty et la grand-mère Miller à l'appartement, Alfred avait eu l'impression de se retrouver à l'intérieur d'une ruche. Des centaines de piétons traversaient les rues comme une armée en déroute. Et le plus surprenant était que tous étaient différents. Tous ces gens provenaient des quatre coins du monde, à en juger par leur aspect physique, et leur façon de s'habiller.

Les New-Yorkais ne semblaient guère se soucier des règles. Ils envahissaient la chaussée, bravant les véhicules qui débouchaient de toutes parts. Tous avaient l'air pressés, comme si des tâches urgentes les attendaient. Et quand la jeune infirmière, qui les guidait à travers l'hôpital, leur fit gravir trois volées de marches à toute allure, le garçon comprit qu'il allait devoir s'habituer à ce rythme effréné.

Une étrange maladie

Après avoir dépassé une pièce remplie de compresses et de flacons de désinfectant, Alfred, Agatha et Hercule pénétrèrent dans une immense chambre garnie sur chaque côté d'une rangée de lits. Un large passage traversait la salle de part en part. Ils le longèrent jusqu'au bout. Sur la droite ils avisèrent un paravent derrière lequel se trouvait Emma, étendue sur sa couche telle la Belle au bois dormant. La lumière dorée qui tombait de la fenêtre jetait des reflets dans ses cheveux blonds et faisait ressortir la sérénité de ses traits juvéniles. À côté d'elle, un homme en blouse blanche lui tâtait le poignet en prenant des notes. Ce devait être le docteur. Dès qu'il le vit, Hercule s'en approcha et lui tendit la main, l'air anxieux.

– Ravi de faire votre connaissance, murmura le Dr Wilkins lorsqu'ils se furent tous présentés. Emma n'en finit pas de nous surprendre. Elle est arrivée ici il y a quelques jours, suite à un évanouissement. Ses collègues l'ont immédiatement amenée à l'hôpital et depuis elle n'a pas quitté ce lit.

La pianiste qui en savait trop

Alfred observa attentivement la malade. Sa peau était si blanche qu'elle semblait translucide, même si ses pommettes conservaient quelque couleur. Elle n'avait pas l'air aussi mal qu'il l'avait craint, mais le fait qu'elle ne se soit pas encore réveillée était préoccupant. Sans doute Hercule partageait-il cet avis, car il demanda aussitôt :

– De quoi souffre ma sœur, docteur ?

Le visage du Dr Wilkins s'allongea. Les rides sur son front disparurent et un silence inquiétant s'empara de la salle. Alfred et Agatha échangèrent un regard déconcerté. Il n'était pas courant qu'un médecin perde son sang-froid face à un patient. Pour finir, il fronça les sourcils et déclara :

– Emma souffre d'un mal étrange que nous n'arrivons pas à nous expliquer. Elle a sombré dans un coma dont, malheureusement, nous ignorons la cause.

– Qu'est-ce que cela signifie au juste ? voulut savoir le majordome inquiet. Vous n'avez pas trouvé de traitement ?

Une étrange maladie

– Non, hélas. Nous avons procédé à toutes sortes d'analyses, mais aucun médicament ne semble faire effet. Nous avons interrogé ses collègues du théâtre, mais elle n'a apparemment rien bu ni mangé d'inhabituel. Votre sœur est atteinte d'une mystérieuse maladie à laquelle la médecine ne peut apporter de remède.

Ce fut comme si Hercule avait reçu un coup de poing à l'estomac. Il se laissa choir de tout son poids sur une chaise. C'était bien pire que ce qu'il avait imaginé.

Cependant, le docteur n'avait pas fini de décrire tous les symptômes dont souffrait sa patiente. Voyant l'abattement de son frère, il s'adressa aux enfants, la mine grave.

– Je crains qu'il n'y ait autre chose, dit-il à voix basse. Quand Emma nous a été amenée, elle avait perdu connaissance mais ne présentait aucun autre signe. Cependant, le lendemain, l'infirmière qui lui a pris sa température a fait une découverte étrange.

Le Dr Wilkins se pencha au-dessus d'Emma. Alfred et Agatha ne comprirent pas où le médecin voulait en venir, jusqu'à ce qu'il fasse pivoter la tête de la malade sur un côté. Tous deux restèrent sans voix.

– Mais... qu'est-ce que c'est ? s'exclama la fillette.

Le cou d'Emma présentait un aspect inquiétant. Une étrange tache bleu foncé s'étirait en travers de sa gorge.

Hercule se leva de son siège et examina, horrifié, ce que le Dr Wilkins venait de leur montrer. Le médecin pinça les lèvres, embarrassé.

– Jamais dans toute ma carrière je n'ai vu de cas semblable. Aucun traitement ne fait d'effet et elle commence à avoir de la fièvre.

Agatha, catastrophée, observait la mystérieuse et terrifiante marque violacée.

– Et donc... que pouvons-nous espérer ? finit-elle par demander.

Le Dr Wilkins inspira profondément et releva le menton en prenant l'air serein, mais Alfred savait que la réponse n'allait pas être facile à entendre.

Une étrange maladie

– J'ai bien peur que son état ne soit en train de se détériorer à vue d'œil. Ou bien nous trouvons rapidement un remède, ou bien elle va mourir.

*

Agatha était anéantie. Quand elle avait décidé de venir à New York avec Hercule, elle était loin de s'imaginer que la situation serait aussi dramatique.

Elle s'empressa d'aller le réconforter, toujours sous le choc. Mais celui-ci refusa de rentrer à la maison. Sa décision était sans appel : il allait rester au chevet de sa sœur autant de temps qu'il le faudrait.

La fillette ne chercha pas à l'en dissuader. Les enfants passèrent encore un petit moment en sa compagnie, puis décidèrent de rentrer et de revenir le lendemain. Ils prirent congé d'Hercule après s'être assurés qu'il allait bien, puis ils descendirent l'escalier qui menait à la sortie.

Une fois dans la rue, la fillette regarda Alfred. Le garçon, qui était si heureux de venir à New York, avait été visiblement affecté, lui aussi, par la marque bleue, car son enthousiasme était retombé comme un soufflé.

Une bonne petite marche dans l'air froid du dehors ne pouvait pas leur faire de mal. La maison de grand-maman Miller ne se trouvant qu'à une courte distance, les enfants décidèrent de rentrer à pied.

Ils étaient en train de longer la Douzième Rue, quand une ombre déboucha au coin de l'avenue qui la croisait et les télescopa, leur coupant le souffle.

– Hep, vous deux ! Pas un geste !

Alfred n'en croyait pas ses yeux. Une silhouette gracile, plus ou moins de sa taille, leur barrait le chemin, la mine menaçante et un tesson de bouteille à la main. Le jeune détective songea à se mettre à courir, mais quand il voulut attraper le bras d'Agatha pour l'entraîner dans sa fuite, deux autres vauriens firent leur apparition, l'air tout aussi mauvais que l'autre.

Agatha s'efforça de garder son calme. Constatant que les trois enfants dépenaillés et crasseux n'étaient guère plus âgés qu'Alfred et elle, elle se dit qu'il y avait peut-être moyen de négocier.

Une étrange maladie

– S'il vous plaît, laissez-nous passer. Il fait froid et nous avons hâte de rentrer chez nous.

En l'entendant parler ainsi, les trois garnements échangèrent un regard de connivence et éclatèrent de rire.

– Oh, mais pardon, Excellence ! s'exclama le chef de la bande. Vous êtes pressée de regagner votre palais ? Ne vous inquiétez pas, ça ne va pas être long... Donne tes chaussures ! Et celles de ton ami !

Agatha n'était pas sûre d'avoir bien entendu. Quand elle s'avisa que l'odieux personnage exigeait qu'elle lui remette ses souliers vernis, son sang ne fit qu'un tour.

– Mais... ces chaussures m'appartiennent, protesta-t-elle. Je suppose que tu plaisantes !

Le voleur et ses acolytes restèrent bouche bée. Cette fois, c'étaient eux qui n'en croyaient pas leurs oreilles.

– Parce que j'ai l'air de plaisanter ? déclara le jeune caïd en ouvrant exagérément la bouche. Écoute-moi bien, l'altesse : ou tu me donnes tout de suite toutes tes nippes, y compris tes godillots, ou vous allez finir tous les deux au fond de la rivière Hudson.

Empoignant fermement son tesson de bouteille, il le brandit sous le nez de la fillette. Agatha regarda Alfred, terrorisée. Sa tentative de négociation avec ces canailles n'avait servi à rien et elle regretta d'avoir laissé Snouty à la maison. Une chienne avec deux bouts de queue n'aurait sans doute pas été autorisée à entrer dans l'hôpital, mais ses quatre canines auraient été bien utiles pour éloigner ces vauriens.

Voyant qu'elle n'avait d'autre choix que d'obtempérer, Agatha leva un genou afin de dénouer la bride de sa chaussure. Le froid, ajouté à la peur, lui glaçait les doigts, et elle songea qu'elle n'allait pas y arriver. Mais à peine venait-elle de défaire la première boucle qu'une voix stridente retentit dans la ruelle.

– Eh, vous, là ! Qu'est-ce qui se passe ici ?

Les trois mauvais garçons relevèrent le nez pour voir qui les interpellait ainsi et restèrent médusés. C'était un jeune homme plutôt filiforme, affublé d'un

Une étrange maladie

long manteau noir. Alfred et Agatha firent un pas en arrière, affolés, car le nouveau venu était nettement plus grand qu'eux tous.

– Je vous ai déjà dit de ne pas traîner dans le coin. L'inconnu lança un regard menaçant au chef de la bande. Alors, du balai !

Les trois apprentis gangsters baissèrent les bras et ôtèrent leurs casquettes en signe de soumission. Les jeunes détectives poussèrent un soupir de soulagement.

– C'est comme tu voudras, Harpo..., répondit le garçon, penaud. J'pouvais pas deviner que ces deux cornichons étaient des amis à toi.

– Tu ne m'as pas entendu ou quoi ? s'emporta l'inconnu. Du vent !

Les vautours s'égaillèrent sans demander leur reste.

Alfred crut qu'il allait faire une crise cardiaque. Cette aventure était tellement inattendue qu'il se sentait tout engourdi. Agatha tendit la main au nouveau venu pour le remercier. Mais, au lieu de l'accepter, le garçon fit un bond en arrière en écarquillant les yeux.

— Ne fais jamais ça ! s'exclama-t-il. Est-ce que tu as déjà vu quelqu'un se comporter ainsi dans ce quartier ?

Agatha ne sut que penser. Elle avait toujours cru que les bonnes manières étaient de mise en toutes circonstances, mais, de toute évidence, il en allait autrement ici.

Le garçon jeta un coup d'œil à droite et à gauche pour s'assurer qu'il n'y avait personne dans les parages, puis se tourna face à Alfred et Agatha qui le regardaient comme deux pingouins perdus au milieu du Sahara.

— Je pense que je ferais bien de vous raccompagner, suggéra-t-il en inclinant la tête de côté. Sinon vous allez vous faire plumer avant d'avoir parcouru deux pâtés de maisons, mes deux nigauds.

Agatha trouva cette remarque peu flatteuse, mais songea qu'il valait mieux se taire s'ils voulaient bénéficier de la protection du garçon. Elle échangea un regard entendu avec Alfred, puis ils se mirent en marche, conscients qu'ils n'avaient pas vraiment le choix.

Une étrange maladie

Ils avaient parcouru une centaine de mètres quand la fillette songea que cet énergumène venait de leur sauver la vie. Le jeune homme aux yeux rieurs ne devait guère être plus vieux qu'elle, même s'il semblait nettement plus dégourdi. Il avait des cheveux châtains frisés et portait des guenilles usées jusqu'à la corde sous son manteau de drap. Ce n'était sûrement pas quelqu'un qui roulait sur l'or, et le fait que leurs chemins se soient croisés était une formidable coïncidence.

– Nous avons eu de la chance que tu arrives juste à ce moment-là, dit-elle avec gratitude. Je n'ose pas imaginer ce qui se serait passé sinon.

Harpo rajusta son chapeau et haussa les épaules. Il délogea un pavé avec la pointe du pied avant de se décider à parler :

– Ces imbéciles ne font rien d'autre que rôder dans le quartier... en s'imaginant qu'ils vont finir par mettre la main sur un formidable butin. Mais, un de ces jours, ils vont tomber sur plus fort qu'eux, et là ils vont comprendre leur douleur.

– Tu ne leur cherches pas d'excuses, j'espère ? s'exclama Agatha, choquée. Leur comportement est inacceptable...

Harpo s'arrêta et regarda la fillette droit dans les yeux. La blondinette élégamment vêtue ne semblait pas comprendre la façon dont les choses marchaient ici. Il n'était pas certain qu'une explication servirait à grand-chose, mais il tenta le coup.

– Parfois, pour pouvoir manger, ces types n'ont d'autre choix que de détrousser les passants. Ce n'est pas glorieux, j'en conviens, mais ce n'est pas non plus agréable pour eux.

Agatha songea que jamais elle ne volerait pour pouvoir manger, si difficile que soit la situation. Elle était convaincue qu'il existait toujours une solution honnête, même si elle n'était pas certaine qu'Alfred partageait cet avis. Son ami avançait, le visage presque entièrement enfoui sous sa casquette et son cache-nez, mais Agatha savait que ce n'était pas à cause du froid. Le garçon n'avait pas desserré les

Une étrange maladie

dents une seule fois. Il observait Harpo du coin de l'œil tout en avançant à grands pas.

– Ce qui est sûr, c'est que vous avez eu de la chance que je vous aperçoive au coin de la rue, poursuivit Harpo pour essayer de détendre un peu l'atmosphère. Si une de mes collègues du théâtre n'était pas en ce moment à l'hôpital, je crois que vous n'auriez plus un seul cheveu sur la tête à l'heure qu'il est.

– Une collègue du théâtre ? demanda Alfred, sortant enfin de son silence.

Il s'était brusquement arrêté de marcher et regardait Agatha, comme pour s'assurer qu'elle avait bien entendu, elle aussi.

– Absolument, répondit Harpo. Mon amie Emma. Une comédienne, comme... moi.

La fillette sourit de ce formidable hasard. Harpo était loin de se douter de quel mauvais pas il les avait tirés quand il avait volé à leur secours, c'est pourquoi elle entreprit de lui expliquer la raison de leur présence à New York, le télégramme, la folle anxiété d'Hercule et sa volonté d'accourir sans délai au chevet de sa sœur.

– Tu veux dire que ce grand échalas collet monté est le frère d'Emma ? s'exclama Harpo lorsque Agatha lui eut tout raconté. Quand je l'ai vu assis à côté de son lit, j'ai préféré ne pas le déranger. À dire vrai, je ne pensais pas qu'il allait arriver aussi rapidement. Comment avez-vous fait ?

Harpo lui apprit que c'était lui qui avait expédié le télégramme et qu'il était allé chaque jour rendre visite à Emma au centre médical. Lui aussi était conscient de la gravité de son état. Son malaise avait provoqué un grand émoi parmi les membres de la troupe, et ceux-ci avaient organisé une collecte en sa faveur.

– J'ai une idée, s'exclama soudain le comédien. Si vous venez au théâtre ce soir, je pourrai vous présenter aux collègues. Je suis sûr qu'ils seront ravis de faire votre connaissance. Et je vais m'arranger pour vous faire entrer à l'œil.

Agatha allait lui dire que ce n'était pas nécessaire, car elle avait l'intention de payer sa place, mais elle

Une étrange maladie

s'aperçut qu'ils venaient d'atteindre l'immeuble de sa grand-mère, et renonça à se lancer dans des explications.

Le garçon écarquilla les yeux en voyant à quoi ressemblait la maison Miller, et Alfred songea qu'il avait eu la même réaction quand il avait fait la connaissance d'Agatha et qu'il était entré dans sa somptueuse propriété londonienne. Cependant, Harpo ne fit aucune remarque. Il souleva son chapeau en manière de salut, expliqua brièvement à Alfred où ils pourraient le trouver, puis tourna les talons.

Le jeune détective suivit des yeux la silhouette du comédien qui s'éloignait à grands pas sur le trottoir recouvert de neige. Il se rappela les paroles de sa mère : le danger peut survenir là où on s'y attend le moins. À partir de maintenant, il allait redoubler de prudence. Car Mme Hitchcock avait raison. Sur ces sages pensées, Alfred s'engouffra à l'intérieur de la maison, impatient de se réchauffer les pieds.

6

Panique sur scène

Le théâtre de variétés de la Deuxième Avenue était à deux pas d'Union Square, là où se trouvait la maison de Mme Miller. C'est pourquoi Agatha décida qu'ils s'y rendraient à pied, au grand dam de Snouty. La petite chienne n'avait aucune envie de marcher dans cette neige si désagréable qui vous mouillait les pattes. Mais c'était cela ou rester à la maison.

Or, elle avait hâte de faire la connaissance de ce fameux Harpo dont son amie lui avait rebattu les oreilles pendant toute l'après-midi. D'après ce qu'elle avait compris, il était comédien et se produisait dans le même music-hall qu'Emma. Après avoir écouté la description qu'Agatha avait faite de cet étrange personnage, la petite chienne était certaine qu'elle arriverait à l'identifier sans problème.

Et en effet, dès qu'ils pénétrèrent dans le hall du théâtre, elle reconnut le garçon frisé comme un mouton au premier coup d'œil.

– Allons bon ! Un authentique toutou avec deux bouts de queue ! s'exclama gaiement Harpo en apercevant Snouty. Dommage que tu sois d'une famille de rupins, Agatha, sans quoi tu aurais pu te faire un beau petit pécule en la montrant sur scène.

La fillette ne sut pas s'il était sérieux ou s'il blaguait, mais voyant qu'Alfred éclatait de rire, elle décida d'esquisser un sourire, même si elle n'appréciait pas du tout qu'on se moque de sa fortune.

Cependant, le jeune homme ne semblait pas se soucier de l'effet que sa remarque avait produit sur elle. Pivotant soudain sur lui-même, il la saisit par le bras et l'entraîna vers le fond du hall. Agatha fut tellement surprise par sa réaction que lorsqu'il lui fit

Panique sur scène

franchir une grande porte à deux battants et la poussa à l'intérieur de la salle, elle faillit s'étaler de tout son long.

Quand ses yeux se furent habitués à la pénombre, la fillette distingua des rangées de fauteuils de velours rouge alignés bien proprement comme des cartes à jouer. Seuls les feux de la rampe – les projecteurs disposés stratégiquement au pied de la scène – étaient allumés. Les filaments incandescents bourdonnaient tels des insectes électriques, et par moments on n'entendait qu'eux. Car la salle avait beau être pleine, les gens semblaient frappés de mutisme et comme hypnotisés par le spectacle qui se jouait sous leurs yeux.

La chaleur des ampoules produisait une sorte de brume qui brouillait légèrement la vue, mais Agatha put distinguer l'imposante silhouette d'une dame debout sur la scène.

Semblable à un fantôme aux prunelles bleues énigmatiques, elle avait une voix qui s'élevait, chaude et suave, enveloppant délicieusement les spectateurs.

L'effet produit était si fort qu'Agatha dut s'agripper à un siège. Jamais elle n'avait admiré une femme aussi belle sur scène. Voyant l'émotion de la fillette, Harpo sourit fièrement, satisfait de l'avoir invitée.

– C'est Flora Falconetti, murmura-t-il. La grande diva de la troupe.

La jeune détective laissa échapper un soupir béat. L'interprétation de l'artiste était si sincère, et elle dégageait une telle force, qu'Agatha sentit vibrer son cœur dans sa poitrine. Comme si la voix qui sortait de la gorge de cette cantatrice aux yeux turquoise avait le pouvoir de pénétrer en elle pour lui transmettre un message puissant.

Submergée par l'émotion, elle s'aperçut à peine qu'Alfred et Snouty étaient entrés dans la salle à sa suite et se tenaient à ses côtés. Ils semblaient tout aussi impressionnés qu'elle. Aucun des spectateurs présents ne pouvait se défaire de l'emprise qu'exerçait Flora Falconetti. La diva accaparait tout l'espace.

Mais la visite ne s'achevait pas là. Faisant signe aux enfants, Harpo chuchota :

Panique sur scène

— Je vais vous présenter au reste de l'équipe. Suivez-moi.

Et il se dirigea vers une porte latérale qui, ainsi qu'ils allaient le découvrir, donnait sur les vestiaires des artistes.

*

— Où est passée ma petite arbalète de Guillaume Tell ? répétait, affolé, M. Sébastien. Qui est-ce qui me l'a prise ?

Le ventriloque, anxieux, fouillait chaque recoin de la loge. Il regardait sous les meubles et ouvrait tous les tiroirs, y compris ceux qu'il avait déjà inspectés.

Harpo franchit la porte de la minuscule pièce et son visage se fendit d'un grand sourire. Ce n'était pas la première fois que le vieil homme égarait quelque chose : le ventriloque était le roi du fouillis. Même dans un espace aussi exigu.

Le jeune comédien fit entrer Agatha après s'être assuré qu'Alfred et Snouty les suivaient. M. Sébastien, en revanche, ne semblait pas avoir remarqué qu'il avait de la visite. Il continuait à vider les malles pleines d'accessoires et à retourner les vases de fleurs de Mlle Falconetti.

Alerté par les vociférations du comique, Thomas, l'adjoint de M. Strudel, entra dans les vestiaires. Voyant le capharnaüm qui régnait dans la loge, le régisseur s'approcha du vieil homme.

– Monsieur Sébastien, lui dit-il, affolé, en le fixant à travers ses gros verres de lunettes. Arrêtez tout de suite ce vacarme, sinon on va vous entendre jusque dans la salle.

– Je tiens énormément à mon arbalète ! insista M. Sébastien. Elle n'est pas grande, environ douze centimètres. Vous ne l'auriez pas vue par hasard ?

Thomas rejeta la tête en arrière, puis rajustant ses lunettes rondes sur son nez busqué, chuchota :

– Je vous conseille de la chercher à un autre moment et de ne pas pousser de cris. M. Strudel est d'une humeur massacrante aujourd'hui, et il vaudrait mieux ne pas l'énerver davantage.

Panique sur scène

M. Sébastien pinça les lèvres, visiblement contrarié, puis le petit chef hocha la tête et ressortit aussitôt par la porte qui menait aux coulisses. Harpo s'approcha du ventriloque.

– Tranquillisez-vous, monsieur Sébastien, lui dit-il à voix basse. Votre arbalète va sûrement réapparaître bientôt. Elle n'a pas pu s'envoler toute seule.

M. Sébastien leva la tête en remarquant soudain la présence du jeune comédien. Puis il se laissa tomber sur une chaise et contempla le plancher d'un air pensif.

– Je ne me pardonnerai jamais d'avoir égaré cette arbalète. C'est ce cher Richard qui me l'avait donnée. Le pauvre homme.

Cet objet semblait avoir beaucoup de valeur aux yeux du comique. Agatha aurait voulu en savoir plus, mais le moment était mal choisi pour poser des questions. Le ventriloque battit des paupières, refusant de se laisser submerger par le chagrin. Il se tourna vers une grande boîte violette et l'ouvrit. Puis il se pencha et en sortit un drôle d'objet. C'était une marionnette en papier mâché. Le vieil homme l'assit sur ses genoux et commença à la manipuler avec tendresse, comme si elle pouvait lui offrir la consolation dont il avait besoin.

M. Sébastien tourna la marionnette vers Harpo, et le garçon caressa la tignasse carotte du pantin. Puis le ventriloque remarqua la présence d'Alfred, Agatha et Snouty.

Aussitôt, la poupée exécuta une révérence. Les enfants lui répondirent par un grand sourire et la petite chienne s'approcha pour flairer l'étrange chose couverte de poussière.

– Oh, oh... On dirait que tu lui plais, s'exclama M. Sébastien en voyant l'intérêt que Snouty portait à M. MacGuffin. On pourrait faire un duo comique avec elle. Regarde un peu ça ! Elle a deux bouts de queue ! Quel numéro sensationnel cela ferait !

Harpo expliqua à son collègue qu'il avait eu la même idée. Il n'avait pas encore digéré la terrible colère de M. Strudel, le soir où Emma était tombée malade. Depuis lors il n'avait eu qu'une idée : trouver un moyen de se tailler une réputation dans le théâtre. Le chant n'était pas vraiment son truc, mais cette petite chienne aurait pu lui rapporter des contrats. Un numéro sur scène en présence de Snouty serait certainement bien accueilli par le public. Mais il n'eut pas le temps de livrer le fond de sa pensée, car la porte s'ouvrit à la volée et un homme ventripotent entra comme un ouragan. C'était M. Strudel, le directeur du théâtre, et ses yeux étincelaient de rage.

Il tirait derrière lui un jeune pianiste à l'air épouvanté. Sa grosse tête sur son corps grêle était toute congestionnée. M. Strudel le lâcha enfin, puis se plantant devant lui au beau milieu de la loge, croisa les bras, rouge de colère.

– Et maintenant, tu vas m'expliquer où est le problème, rugit-il comme une bête fauve. Tu as la partition, tu as le piano. Le public veut que tu le surprennes et tu m'as dit que tu en étais capable. Alors, peut-on savoir ce qui t'a fait changer d'avis ?

Le malheureux jeune homme gardait les yeux baissés et tremblait de la tête aux pieds. Sa chemise blanche était bien propre et repassée, mais son col à demi arraché lui donnait l'air débraillé. Il tenait devant lui une grande partition dont il se servait comme d'un bouclier.

– Comprenez-moi, monsieur Strudel, bredouilla le garçon qui s'était enfin décidé à parler. Je ne me suis jamais produit devant autant de monde. Je veux bien essayer de jouer du piano, mais pas de chanter en même temps ! Quand j'ai vu la salle pleine à travers la fente du rideau... ça m'a coupé mes moyens !

Harpo observait la scène bouche cousue. Norman n'était pas trop mauvais comédien, mais il n'avait pas l'expérience nécessaire pour chanter. Lui demander de remplacer Emma au piano était tout simplement irréaliste. Il regarda le directeur. On aurait dit une cocotte-minute sur le point d'exploser.

– J'en ai par-dessus la tête de tous ces gens qui ont le trac ! pesta M. Strudel, furieux. Je te donne exactement trois minutes pour monter sur scène et faire ton numéro. Si tu ne fais pas un effort pour nous sortir de la panade, je te garantis que plus aucun théâtre de cette ville ne voudra t'engager. Suis-je clair ?

Tremblant comme une feuille, Norman n'osa pas répliquer. Il savait qu'il n'était pas à la hauteur et que le public allait l'écorcher vif. Mais le directeur n'était manifestement pas disposé à lui laisser le choix. Il l'empoigna et le traîna sans ménagement dans les coulisses.

Imitant Harpo, Alfred, Agatha et Snouty passèrent la tête par la porte de la loge et virent M. Strudel s'approcher du rideau, rajuster la veste du jeune homme, pointer le piano du doigt et l'abandonner à son sort.

Alfred avait de la peine pour Norman. Il le comprenait mieux que quiconque. Se produire en public était une chose horrible, un véritable calvaire quand on n'était pas sûr de soi. Mais il était trop tard pour faire machine arrière. Thomas faisait de grands gestes en direction du jeune homme. Le numéro de Flora Falconetti était sur le point de s'achever et ensuite viendrait son tour.

La pianiste qui en savait trop

Alfred aurait préféré s'en aller, mais il ne parvint pas à dissuader Agatha d'aller s'installer dans la salle quand Harpo le lui proposa. Il suivit donc son amie la mort dans l'âme.

*

Agatha, pour sa part, était enchantée des places qu'Harpo leur avait réservées. Le music-hall n'était pas très grand, mais le garçon avait réussi à les caser au premier rang. De là, toutes les mimiques des comédiens étaient parfaitement visibles et Agatha se félicita de ne pas avoir besoin de jumelles.

La prestation de la diva se prolongeait plus que prévu. Ensuite ce serait au tour de Norman, puis d'Harpo. Agatha avait hâte de voir comment le jeune acteur se débrouillait. Il avait été très chic avec eux depuis le début, et elle avait une envie sincère de découvrir de quoi il était capable.

De plus, elle n'arrivait pas à oublier Emma, et si elle avait accepté de venir au spectacle, ce n'était pas seulement pour se divertir, mais parce que la raison du mal mystérieux dont souffrait la jeune femme résidait peut-être ici, dans ce théâtre. La tache bleue sur son cou laissait présager un cas difficile à résoudre. C'est pourquoi Agatha s'était dit qu'une enquête menée au plus près du lieu où elle était tombée malade s'imposait.

La Falconetti acheva enfin son numéro et toute la salle se leva pour l'acclamer.

Le directeur entra sur scène et attendit que la cantatrice ait fini de saluer le public pour annoncer l'artiste suivant. Quand il proclama le nom de Norman, rien ne se passa pendant plusieurs secondes et un silence gêné s'installa dans le théâtre. Alfred et Agatha serrèrent les dents en priant le ciel pour que Norman fasse son entrée. C'est alors que les mains du régisseur apparurent entre les plis du rideau et poussèrent le jeune pianiste vers l'instrument, le laissant à la merci de l'assistance.

Dans la salle, on aurait entendu une mouche voler. Norman regardait droit devant lui, le front luisant de transpiration. Il avait l'air tellement abattu qu'on se demandait s'il allait trouver la force de jouer. S'apercevant que tous l'observaient en silence, il exécuta une petite courbette et courut s'asseoir devant le piano tout en déployant son immense partition.

Agatha regarda son ami. Il semblait aussi mal à l'aise que Norman et se tortillait nerveusement sur son siège, la mine sombre.

C'était comme si le temps avait suspendu son vol, et ils se demandèrent si l'artiste allait se décider à jouer. Le malheureux tremblait sur son tabouret, paralysé de peur. Pour finir, ayant fait craquer, puis étiré ses doigts, il inspira profondément, avala sa salive et commença à caresser les touches du clavier.

Agatha poussa un soupir de soulagement. Le plus dur était passé. Grand-maman Miller lui avait expliqué que le pire moment était juste avant l'entrée en scène, mais qu'une fois qu'on commençait à jouer, le trac s'envolait.

Pour autant, Norman n'avait pas vraiment l'air de se détendre. Le rythme de la chanson était enlevé, mais la nervosité du pianiste se ressentait, et lorsqu'il ouvrit la bouche et se mit à chanter, ce fut pour massacrer la mélodie.

Snouty qui n'avait jamais rien entendu d'aussi abominable enfouit sa tête sous la veste d'Alfred. La voix criarde du garçon était insupportable et, pour une ouïe aiguisée comme la sienne, c'était un véritable supplice.

Agatha regarda discrètement Alfred. Elle savait que ce numéro allait provoquer la colère du public, et elle tourna la tête vers les rangées suivantes, s'attendant à ce que la salle explose d'un moment à l'autre.

Derrière elle, les gens commençaient à chuchoter, mal à l'aise. Les lazzis fusaient, de plus en plus nombreux, jusqu'à ce qu'un éclat de rire incite tous les spectateurs à protester et à siffler l'artiste.

Une telle réaction ne fit qu'aggraver les choses. Norman essaya de se ressaisir, mais sans grand succès. Son front en sueur était livide, et sa gorge serrée n'arrivait plus à émettre de sons.

La pianiste qui en savait trop

— Je ne comprends pas comment on a pu l'obliger à se ridiculiser ainsi, s'indigna Alfred, compatissant. Il faut le sortir de là au plus vite.

Agatha acquiesça d'un battement de cils. Elle savait que son ami avait raison. Elle regarda vers le fond de la scène et aperçut Harpo caché entre les plis du rideau. Lui aussi s'était rendu compte de la réaction désastreuse du public.

L'un des spectateurs se mit alors à proférer des injures, puis la salle en colère se leva et l'imita. Les gens s'estimaient floués par cette prestation calamiteuse. Soudain, une chaussure atterrit sur le couvercle du piano, faisant sursauter Norman. Puis un cri perçant s'éleva sur scène. Les yeux d'Agatha s'agrandirent d'épouvante.

Devant eux, Norman se tenait la gorge comme s'il étouffait. Puis il tomba de son siège. Le corps du pianiste se tordait sur le plancher, les yeux exorbités, en proie à des spasmes de plus en plus violents. Alfred bondit de son fauteuil et s'élança sur la scène tandis qu'Harpo se précipitait hors des coulisses pour aller porter secours au malheureux.

Les spectateurs couraient dans tous les sens et leurs cris affolés résonnaient dans la salle. Agatha, en revanche, était pétrifiée. Le malaise de Norman était identique à celui d'Emma.

Soudain, un hurlement strident ramena le silence dans le théâtre. Flora Falconetti venait de faire son apparition. Quand la diva aperçut Norman, elle se prit la tête dans les mains et se mit à sangloter.

– Oh non ! Norman ! Pourquoi toi ? Que se passe-t-il ?

La femme jetait des regards affolés autour d'elle. Elle semblait sur le point de s'évanouir et s'appuyait au piano en s'efforçant de contenir son émotion. C'est alors que son regard tomba sur la partition de Norman, posée sur le pupitre.

– Qu'est-ce que c'est que ça ? s'écria la cantatrice. Pourquoi diable a-t-il choisi cette mélodie ?

La chanteuse recommença à crier comme une démente.

— C'est la même ! s'exclama-t-elle en désignant la partition. Vous ne voyez donc pas ? Je vous l'avais pourtant dit !

Le directeur se fraya un passage jusqu'à la Falconetti et s'efforça de la calmer.

— Ne me regardez pas comme ça, Strudel ! s'emporta-t-elle. Vous savez parfaitement que j'ai raison. C'est à cause de cette horrible chanson !

À ces mots, Alfred lança un coup d'œil à Agatha. Celle-ci semblait aussi perplexe que lui.

— Ces notes sont maudites ! poursuivit la diva. Celui qui les joue perd connaissance ! C'est arrivé à Richard, l'auriez-vous oublié ? Il a été le premier à tomber. Foudroyé, rien qu'en touchant les pages. Et souvenez-vous de ce qu'il a crié juste avant de s'évanouir : *Diabolus ! Diabolus !* Le diable !

Tous échangèrent des regards inquiets. Ils observaient le corps du garçon qui reposait à présent inerte sur le plancher.

— Je vous avais dit que cette partition était damnée, mais vous m'avez tous prise pour une folle, insista la

Falconetti. Et puis c'est arrivé à nouveau avec Emma. Et maintenant ce malheureux Norman. De quelles autres preuves avez-vous besoin, bon sang ?

La cantatrice recommença à geindre et à sangloter de plus belle.

Soudain, une voix retentit depuis la porte des vestiaires. Tous se retournèrent. Une vieille femme gracile venait de faire son apparition derrière le rideau de scène. Elle tenait une tasse de thé à la main et contemplait l'attroupement d'un air surpris.

– Mais enfin, que se passe-t-il ? demanda-t-elle. Pourquoi le spectacle s'est-il interrompu ? Mademoiselle Flora, je vous en prie, calmez-vous.

La femme ne devait pas mesurer plus d'un mètre cinquante, mais sa voix grave et puissante avait réussi à capter l'attention générale.

Ses cheveux gris étaient attachés en un chignon discret et elle contemplait l'assemblée à travers ses bésicles démodées.

Dès qu'il la vit, le directeur eut l'air apaisé. Cette femme était exactement ce qu'il fallait pour calmer les nerfs de la diva. La vieille dame gagna promptement le milieu de la scène et confia sa tasse de thé à Thomas. Après quoi elle observa Norman, puis s'accroupit à côté de lui. Ses mains osseuses le palpèrent, et, au bout de quelques secondes, elle secoua la tête.

– Il faut transporter ce garçon immédiatement à l'hôpital, déclara-t-elle en se relevant.

M. Strudel intervint.

– Madame Hope, nous ignorons de quoi souffre Norman... Mais il se pourrait bien que Flora ait raison quand elle affirme qu'il lui est arrivé la même chose qu'aux autres...

Mme Hope ne dit rien. Elle avait l'air de chercher en vain une réponse, quand la cantatrice perdit soudain connaissance. Tous se pressèrent autour d'elle, et Mme Hope fut obligée de leur demander de s'écarter pour la laisser respirer.

Le directeur s'éloigna du groupe, livide. Agatha songea que le moment était venu de prendre les choses en main. Jusqu'ici, elle avait observé le déroulement

Panique sur scène

des évènements depuis son fauteuil d'orchestre, en compagnie de Snouty. Mais elle devait sortir de son rôle de spectatrice pour élucider ce mystère.

Elle gravit les marches qui menaient à la scène tout en empoignant Alfred par le revers de son blazer. Le garçon, encore sous le choc, observait attentivement Mme Hope. La vieille femme, qui semblait être l'habilleuse de la Falconetti, venait d'ôter une broche en forme de fleur de son corsage et, aidée par Harpo, l'avait approchée du nez de la diva.

La cantatrice revint à elle.

Alfred soupira, soulagé. Puis il rejoignit Agatha qui se présentait au directeur.

– Monsieur Strudel, permettez-moi de me présenter. Mon nom est Agatha Miller et je crois être en mesure de résoudre cette énigme.

7
La partition maudite

Agatha regrettait de ne pas avoir emporté son matériel de travail avec elle. Dans le jardin d'hiver, où elle avait installé son bureau, à Londres, les trois amis avaient tout ce qu'il leur fallait pour mener leurs investigations, mais elle n'avait pas prévu que ces vacances allaient se transformer en une nouvelle enquête.

L'affaire de la partition maudite les avait tellement intrigués qu'ils n'avaient pas pu fermer l'œil de la nuit.

M. Strudel avait eu l'air surpris quand Agatha était allée le trouver pour lui proposer ses services de détective. Elle s'était attendue à ce que l'homme s'étonne que deux enfants accompagnés d'une petite chienne puissent résoudre cette énigme épouvantable. Mais elle savait aussi qu'ils ne perdraient rien en tentant leur chance. C'est pourquoi elle avait suggéré que l'enquête soit menée dans la plus stricte confidentialité. Ainsi ils pourraient agir en toute liberté tout en évitant que la réputation de M. Strudel ne soit entachée. Et si, dans le pire des cas, le mystère n'était pas résolu, personne ne serait tenu pour responsable.

La fillette inspira profondément et jeta un regard circulaire au petit salon de grand-maman Miller. Par chance, c'était le lieu idéal pour se livrer à la réflexion. La vieille dame y passait la majeure partie de la journée, entourée de tous ses souvenirs et de ses vases pleins de fleurs. Elle gardait ici de nombreux objets, plus extraordinaires les uns que les autres : masques chinois, livres anciens, coussins de soie... Mais le plus extravagant était l'imposante machine à écrire qui trônait sur la table et qui l'accompagnait dans tous ses voyages de part et d'autre de l'Atlantique.

La partition maudite

Installée dans son fauteuil, Agatha attendait qu'Alfred fasse son exposé. Grand-maman avait insisté pour qu'il lui donne une description détaillée des faits. Elle était convaincue que cela l'aiderait à se désinhiber.

– Désinhiber ? avait murmuré Alfred, inquiet, lorsque Mme Miller eut quitté la pièce pour aller préparer le thé. Qu'est-ce que cela signifie ?

– C'est un exercice qui sert à surmonter sa timidité, expliqua Agatha. Ma grand-mère a remarqué que tu n'aimais pas parler en public. Et c'est pourquoi elle s'est mis en tête de te débarrasser de ce handicap.

Alfred, mortifié qu'une telle idée ait pu traverser l'esprit de la vieille dame, s'efforça de se comporter le plus naturellement possible quand celle-ci revint avec le thé. Il voulait la convaincre que ce genre d'exercices était totalement inutile.

– Parfait, déclara Mme Miller en posant son plateau sur la table et en s'installant dans son fauteuil. Quelque chose d'étrange est donc arrivé hier au théâtre.

La pianiste qui en savait trop

— Dommage que tu ne sois pas venue avec nous, observa Agatha. Je suis sûre que ton œil de romancière nous aurait aidés à repérer une foule de détails précieux.

— Il y a bien longtemps que je ne vais plus au spectacle, ma chérie, répondit sa grand-mère en prenant sa tasse. J'ai vécu de si beaux moments jadis, sur scène. Mais j'ai passé l'âge de ces enfantillages. La nostalgie peut être douloureuse pour ceux qui n'ont pas réussi à réaliser tous leurs rêves.

La fillette regarda son aïeule avec tendresse. Elle savait que celle-ci s'était taillé une certaine réputation en tant que journaliste, mais ses tentatives d'actrice n'avaient jamais été récompensées à leur juste valeur. De son temps, un auteur de théâtre qui osait interpréter ses propres personnages était mal vu du public. Agatha songea au rude combat que sa grand-mère avait dû mener pour pouvoir s'épanouir dans cette profession. Mais elle avait fini par renoncer.

La vieille dame esquissa un sourire, puis regarda Alfred, qui n'avait toujours pas commencé son compte rendu. Les enfants avaient une affaire importante à résoudre et il n'y avait pas de temps à perdre.

— Pour résumer, nous nous trouvons en présence de deux malades et d'une partition étrange. Mais que savons-nous de celle-ci ? s'enquit-elle.

— Pas grand-chose, en fait, commença Alfred en comprenant que son tour était venu de parler. Il convient cependant de souligner que les malades en question ne sont pas deux, mais trois. La Falconetti a mentionné un certain Richard quand l'incident s'est produit.

— Richard ? Et d'où sort-il ?

Agatha intervint pour soutenir son ami. La veille au soir, quand ils s'étaient dit au revoir, Harpo leur avait expliqué qui était Richard. Il faisait partie des membres de la troupe venue de Londres. Il avait été le premier à être pris de malaise sur scène.

— Cela s'est produit il y a deux mois, peu après leur arrivée à New York, expliqua la fillette. À en croire la cantatrice, ce serait à cause de la partition.

Or, celle-ci appartient à la compagnie depuis toujours et n'a jamais posé le moindre problème.

— En effet, poursuivit Alfred en voyant le regard insistant de Mme Miller.

— Richard était un pianiste virtuose. Il a été pris de violentes convulsions alors qu'il était en train d'exécuter la fameuse mélodie. La dernière chose qu'il a criée avant de perdre connaissance était *Diabolus*, mais sur le coup personne n'a fait le lien avec la partition. Jusqu'à ce qu'Emma joue le même morceau et qu'elle s'effondre, elle aussi, dès les premières notes.

— Et maintenant Norman…, poursuivit la grand-mère, songeuse.

— Exactement, approuva Agatha. Tous ceux qui ont interprété ce morceau se sont évanouis.

La vieille dame se resservit une tasse de thé puis se perdit dans ses pensées. Son esprit de romancière s'efforçait d'ébaucher une stratégie.

— Vous avez inspecté le piano ? demanda-t-elle après un moment de réflexion. Il se pourrait que ce soit là que réside la clé du mystère.

La partition maudite

— Oui, confirma Agatha. Nous l'avons examiné, mais n'avons rien trouvé de particulier. D'ailleurs je ne pense pas que le problème soit le piano : d'autres comédiens en ont joué, comme Harpo, et il ne leur est rien arrivé.

Alfred s'empressa d'intervenir :

— Je crois que la Falconetti est dans le vrai. Ce doit être un maléfice.

La fillette lui lança un regard incrédule.

— Je doute fort qu'il y ait des partitions maudites qui agissent de leur propre initiative et sans raison, dit-elle en relevant le menton. Je pense sincèrement qu'il s'agit ni plus ni moins d'une tentative d'assassinat bien orchestrée.

— Une tentative d'assassinat ? s'exclama Alfred quelque peu affolé. Mais comment ? Pourquoi ?

— Nous l'ignorons encore, répondit son amie. C'est pour cela que nous devons inspecter cette partition sans délai.

Sur ces mots, elle se leva de son fauteuil et alla chercher son manteau.

La pianiste qui en savait trop

Voyant la réaction de sa petite-fille, alors qu'Alfred rechignait à l'idée de sortir par ce froid de canard, la vieille dame décida de leur livrer le fond de sa pensée.

– Peut-être devriez-vous informer Hercule de tout ceci. Il voudra sans doute comprendre ce qui est arrivé à sa sœur.

– Je ne crois pas que ce soit une bonne idée, rétorqua Agatha. Surtout si nous n'avons pas de solution à lui proposer.

Elle entreprit d'expliquer la raison de son refus à sa grand-mère surprise :

– Richard n'a pas survécu plus de deux semaines après son malaise. Les médecins n'ont rien pu faire pour lui. Et je crains que le même sort n'attende les deux autres. Et, hélas, Emma est la suivante sur la liste.

*

Malgré le froid mordant qui régnait ce matin-là, New York s'était levée sous un soleil radieux. Par chance, il ne neigeait pas et les enfants s'empressèrent d'aller rejoindre Harpo.

La partition maudite

En tout premier lieu, il convenait d'analyser les faits calmement en reprenant toute l'affaire depuis le début. Et, pour cela, l'aide du jeune comédien leur était indispensable. La veille au soir, Harpo avait été profondément affecté par le nouvel incident. C'est pourquoi, quand Agatha lui avait annoncé qu'elle était décidée à mener l'enquête, il avait été très touché. Il avait dit aux enfants qu'ils le trouveraient dans Central Park, en train de faire du patin, le lendemain matin. Et tous trois s'étaient mis d'accord pour se retrouver là-bas.

Alfred observait la ville à travers la fenêtre du tramway qui les emmenait au parc. En temps normal, quand ils étaient sur une affaire criminelle, il avait du mal à penser à autre chose qu'à l'enquête, mais ici il était difficile de résister au spectacle qui s'offrait à lui. À cet instant précis, le tram traversait Times Square, la célèbre place, berceau de la presse new-yorkaise. Une kyrielle de garçons coiffés d'énormes casquettes criaient les gros titres à tue-tête. Alfred sursauta quand, juste à côté d'un kiosque dont

La pianiste qui en savait trop

l'éventaire ployait sous les quotidiens, l'un des jeunes vendeurs de journaux lança :

– Extra ! Extra ! Sarah Bernhardt toujours introuvable ! Personne ne sait où est la grande tragédienne !

Si la nouvelle de sa disparition avait traversé l'Atlantique, c'est que ce devait être vraiment quelqu'un d'important, comme l'avait suggéré Agatha. Le garçon se souvint alors de la mine soucieuse de Churchill quand il leur avait exposé l'affaire. Plusieurs jours s'étaient écoulés depuis, mais la comédienne n'avait pas reparu.

Il n'avait pas encore trouvé le temps d'écrire à ses parents. Il devait sûrement leur manquer. Tout en contemplant ses deux amies, assises sur la banquette d'en face, il palpa l'enveloppe de la médaille du Citoyen qu'il conservait bien précieusement dans la poche intérieure de son manteau.

Le tram s'était engagé dans Broadway. Il remonta l'avenue puis déboucha sur une petite place qui longeait le parc. Quand les enfants et Snouty descendirent

La partition maudite

de l'omnibus, ils restèrent bouche bée devant la beauté des pelouses enneigées.

Les trois amis franchirent la grille et pénétrèrent dans Central Park. Snouty courait devant, folle de joie. Elle était ravie de pouvoir s'ébattre. Un espace tel que celui-là dans une ville de cette taille était inimaginable. Et quand les enfants entendirent ses aboiements de l'autre côté d'une petite butte, ils comprirent que la chienne avait trouvé la patinoire.

Là-bas, glissant sur la glace comme un véritable champion olympique, ils aperçurent Harpo qui tourbillonnait sur lui-même, encouragé par Snouty, qui, appuyée des deux pattes avant sur la barrière de bois, aboyait, enchantée par les pirouettes du jeune homme.

Alfred et Agatha allèrent à leur rencontre et Harpo se rapprocha de la rambarde, en soulevant son chapeau.

– Je vois que vous êtes ponctuels, comme tous les Anglais, lança-t-il en souriant.

Puis il s'écarta à nouveau pour faire un dernier tour de piste.

La pianiste qui en savait trop

À son grand étonnement, Agatha vit qu'Harpo n'avait qu'un seul patin. Ayant exécuté une ultime pirouette, le garçon s'approcha et expliqua :

— Je suis le meilleur patineur unijambiste d'Amérique. C'est beaucoup moins amusant de glisser sur deux pieds.

Alfred fronça les sourcils, guère convaincu. Mais il ne tarda pas à découvrir quelle était la véritable raison de cette étrange habitude. Survivre dans une ville comme New York, pour un garçon comme Harpo, n'était pas chose facile. Et, dans les périodes de vaches maigres, le jeune homme mettait un de ses patins au clou, ce qui lui rapportait quelques sous pour pouvoir s'offrir de petits extras. Ensuite, quand il touchait son cachet de comédien, il retournait chez le prêteur sur gages et récupérait son bien. Puis il recommençait et ainsi de suite.

— Il faut toujours avoir le nécessaire sur soi, déclara-t-il. On ne sait jamais de quoi on peut avoir besoin en cas d'imprévu.

La partition maudite

Il sortit la doublure de sa poche et en fit tomber le contenu dans sa main : une bobine de fil, quatre boutons de bois, et deux cacahuètes encore mangeables. Agatha faillit éclater de rire en voyant cet étrange assortiment, sans parler de l'énorme trou rafistolé au fond de la doublure. Mais Harpo semblait très fier de ses trésors. Il les rangea soigneusement. Puis il ôta son patin, l'accrocha à sa ceinture et commença à marcher, certain qu'Alfred et Agatha allaient lui emboîter le pas. Snouty n'arrêtait pas de faire fête au comédien, qui finit par se pencher pour jouer avec elle.

– J'imagine que tu sais que l'affaire est grave, lança Alfred quelque peu dépité. Je ne crois pas que nous ayons le temps de nous amuser.

Harpo releva la tête et cligna des paupières, gêné par le pâle soleil qui commençait à poindre entre les immeubles, mais plus encore par la remarque d'Alfred.

– C'est vrai, reconnut-il en se mettant une main en visière. Mais se faire du mauvais sang n'y changera rien. Il faut toujours trouver une raison de sourire.

La pianiste qui en savait trop

Agatha intervint soudain, avant que son ami ait pu réagir.

– Nous aimerions jeter un coup d'œil à la partition, expliqua-t-elle. Il faudrait que tu nous dises où M. Strudel l'a rangée.

Le comédien sortit une cacahuète de sa poche et la donna à Snouty. Puis il se redressa et précisa :

– Quand on a emmené Norman à l'hôpital, le directeur l'a emportée dans son bureau pour la mettre sous clé. Vous êtes sûrs de vouloir la voir ? demanda-t-il à Agatha, l'air tout à fait sérieux. Pour quel motif ?

– Parce qu'il se peut qu'elle renferme un indice. De plus, nous aimerions comprendre pourquoi Emma et Norman l'ont choisie après ce qui est arrivé à Richard. Ça ne paraît pas logique lorsqu'on sait ce qu'il s'est écrié.

– La réponse à cela est simple, déclara le jeune homme. Thomas, le régisseur, est chargé de distribuer les partitions, et c'est lui qui l'a remise en main propre à Emma.

– Tu en es certain ? demanda Alfred.

La partition maudite

— Mais oui.

Les enfants échangèrent un regard entendu tandis qu'Harpo leur donnait davantage de détails.

— Le soir où Emma est tombée malade, j'étais particulièrement anxieux avant de faire mon numéro. C'était une de mes toutes premières représentations, et je ne voulais surtout pas causer d'ennuis à mon frère. C'est lui qui m'a recommandé à M. Strudel.

Le comédien fit une pause et se gratta la tête.

— Or, je me trouvais derrière le rideau, en train d'attendre que la Falconetti sorte de scène, et juste à ce moment-là j'ai vu Thomas donner la partition à Emma et lui dire de se préparer.

— Mais qu'est-ce que cela a d'anormal? s'étonna Alfred. Si c'est bien le directeur adjoint qui distribue les chansons...

— Rien, concéda Harpo. Mais ce qui est étrange c'est que lorsque Thomas l'a remise à Emma, il lui a dit de ne pas s'affoler. Qu'il n'allait rien lui arriver si elle jouait ce morceau.

La pianiste qui en savait trop

Alfred et Agatha échangèrent à nouveau un regard surpris. Ils avaient espéré que le jeune comédien leur fournirait quelques détails intéressants, mais ils ne s'attendaient pas à quelque chose d'aussi primordial. Tout ce qu'il venait de leur dire semblait désigner Thomas comme le principal suspect. Même s'il était encore trop tôt pour tirer des conclusions.

– As-tu idée pourquoi le bras droit de M. Strudel voudrait la mort des comédiens ? demanda Agatha au débotté.

Harpo haussa les sourcils.

– Je ne sais pas grand-chose de lui. Si ce n'est qu'il se comporte bizarrement et refuse de se mêler au reste de la troupe. Il n'y a pas longtemps qu'il travaille au théâtre, il n'est arrivé que quelques jours avant moi. Mais, à part ça, vous pensez sérieusement qu'il y a un assassin ? La Falconetti a dit qu'il s'agissait d'un maléfice.

Ce fut Alfred qui répondit, cette fois.

– Dis-le-lui à elle, dit-il en désignant Agatha. Elle est persuadée que les malédictions n'existent pas et que tout ceci est l'œuvre de quelqu'un qui veut tuer les acteurs.

— Vraiment? Et tu es du même avis, Alfred? s'exclama Harpo. Le théâtre est une grande famille, il est difficile de croire que l'un des nôtres pourrait faire une chose pareille.

Alfred acquiesça d'un signe de tête. Il avait remarqué que l'ambiance était bonne entre les membres de la troupe, malgré le savon que M. Strudel avait passé à Norman. Il songea que de telles suspicions étaient peut-être hasardeuses. Mais lorsqu'il se tourna vers son amie pour recueillir son approbation, elle posa sur lui un regard déterminé.

— Savez-vous ce qu'est un crime parfait? intervint-elle soudain, coupant presque la parole à Harpo. Chaque fois qu'il y a un meurtre, le coupable laisse des traces, qu'il le veuille ou non. Certains experts affirment que le crime parfait n'existe pas et qu'il y a toujours un moyen de retrouver l'assassin.

— Allons bon, commenta Harpo. Cela signifie qu'il est possible de résoudre toutes les énigmes?

La pianiste qui en savait trop

– Tout à fait, confirma la fillette. À condition que l'enquête soit menée par un bon détective.

Alfred soupira.

– Et tu crois que nous sommes capables de résoudre celle-ci ? demanda-t-il.

– Si les gens de Scotland Yard le peuvent, nous aussi, rétorqua Agatha sûre d'elle. Mais pour cela, il faudrait que nous puissions jeter un coup d'œil à la partition. Or, si elle est enfermée sous clé, cela risque de s'avérer compliqué.

– Dans ce cas, nous allons devoir imaginer un plan pour nous procurer la clé sans que M. Strudel s'en rende compte, observa Alfred.

– À moins que..., intervint Harpo, tu ne t'aides de ceci.

Les enfants ouvrirent de grands yeux quand le jeune homme sortit une liasse de feuillets jaunis de la doublure de son manteau.

– Si c'est la partition que vous cherchez, je ne vois pas où est le problème, affirma Harpo en souriant de toutes ses dents. Vous pouvez la consulter autant qu'il vous plaira. Je l'ai fauchée à M. Strudel hier.

8

Cap sur les quartiers sud de la ville

Harpo était un personnage fascinant, une vraie boîte à malices. Agatha avait applaudi son habileté, puis elle s'était emparée de la partition et l'avait étalée devant eux.

Alfred n'était pas certain qu'ils puissent manipuler sans risques la composition musicale. On ne savait jamais ce qui pouvait se cacher entre les pages d'une partition maudite.

Méfiant, il passa sa tête entre celles du comédien et de la fillette pour jeter un coup d'œil à la mélodie au titre italien ronflant. Sur les pages suivantes, il n'y avait rien d'autre que des portées couvertes de notes de musique auxquelles il ne comprenait rien.

Agatha examina les feuillets en fredonnant quelques mesures, mais sans rien trouver qui puisse servir d'indice.

— Tu as raison, Harpo, reconnut-elle après avoir soigneusement inspecté toutes les pages. Cette partition n'apporte absolument rien. Elle est tout à fait ordinaire.

Alfred songea que son amie aurait dû se montrer plus prudente. Chantonner cet air pouvait s'avérer dangereux. Cependant, il s'abstint de tout commentaire. En revanche, il jeta un regard suspicieux à Harpo. Ce drôle d'énergumène venait de leur démontrer qu'il avait parfois recours à des procédés malhonnêtes. Il décida de le questionner sur ses intentions.

— Pourquoi as-tu dérobé la partition ? demanda-t-il en se plantant devant lui.

— Tu plaisantes ? s'exclama le comédien. Cette partition est un authentique maléfice ! Je parie que le prêteur sur gages va m'en donner une fortune quand je la lui apporterai ! Rends-la-moi.

— Pas si vite, rétorqua Alfred sans lâcher le document. Ces feuilles ne nous ont rien révélé jusqu'à maintenant. Mais il se pourrait qu'elles nous soient utiles plus tard. Il vaut mieux que je les garde jusqu'à ce que nous ayons résolu l'énigme.

Harpo approuva la suggestion d'Alfred. Puis il se redressa fièrement. Jamais il n'avait participé à une enquête policière, et l'idée lui plaisait bien. Il accompagna les enfants jusqu'à la sortie, puis demanda à Agatha ce qu'elle comptait faire maintenant.

— Avant tout, il nous faut enquêter sur ce fameux Thomas, le régisseur, expliqua la fillette. Il est suspect qu'il ait cherché à rassurer Emma quand il lui a donné la partition. Il y a là quelque chose qui ne tourne pas rond.

— Je crois que le plus prudent serait la mise en place d'une surveillance du premier degré, proposa Alfred.

— Du premier degré ? répéta Harpo, impressionné.

— Oui, répondit Agatha. C'est ainsi que nous appelons une filature discrète. Celle que nous adoptons pour garder un individu à l'œil et nous renseigner à son sujet. Il faut que nous sachions où va Thomas chaque matin avant de se rendre au théâtre.

— Ah, si c'est ça, pas de problème, s'exclama Harpo en mettant ses poings sur les hanches. Je sais exactement où se trouve ce lourdaud à cet instant même. Vous allez en rester babas.

*

Harpo, Agatha, Alfred et Snouty sortirent du parc par la grille qui donnait sur la Cinquième Avenue et marchèrent d'un pas léger jusqu'à la partie basse de la ville. Alfred admirait, bouche bée, les vitrines joliment décorées.

La grande avenue était une débauche de luxe, et les nombreux badauds qui se pressaient sur les trottoirs avaient les bras chargés de paquets. Tous portaient des manteaux de fourrure qui les protégeaient bien du froid. Ce quartier prospère, décoré de boules de

Cap sur les quartiers sud de la ville

Noël et de couronnes de houx, contrastait singulièrement avec les humbles masures qu'ils avaient laissées derrière eux.

New York pouvait être une ville très différente selon l'endroit où l'on se trouvait, même si les gens qui déambulaient dans la Cinquième Avenue n'avaient pas l'air de s'en rendre compte. Ce voyage providentiel s'avérait très instructif.

Le garçon était resté à la traîne. Il hâta le pas en se frottant les bras. Le froid ici était intense et son manteau n'était pas suffisamment chaud. Agatha et Snouty marchaient devant, en compagnie d'Harpo. Tous trois bifurquèrent dans une petite rue perpendiculaire et la longèrent jusqu'à ce que le jeune comédien s'arrête à côté d'une boîte aux lettres. Agatha et Alfred échangèrent un regard surpris. Harpo montra du doigt le trottoir d'en face, d'où leur parvenait un bruit de querelle épouvantable. Les vociférations provenaient d'un petit local quasiment en ruine qu'Agatha parvint à identifier dès qu'elle vit les affiches jaunes placardées à l'entrée.

— Un club de boxe ? s'exclama-t-elle stupéfaite.

Harpo hocha la tête. On se demandait bien ce qu'un régisseur de théâtre maigrichon venait faire dans un repaire de costauds tout en muscles.

— Thomas s'entraîne ici, expliqua le jeune comédien. Je le sais parce que, la semaine dernière, quand je suis venu chercher mon frère Chico, je l'ai vu sortir.

— Chico ? C'est lui qui t'a recommandé à M. Strudel ? s'enquit Alfred, qui trouvait admirable quiconque osait s'aventurer dans un lieu comme celui-là.

— Non, celui qui m'a recommandé c'est Groucho. Il est acteur. Lui, c'est un vrai artiste. Et très intelligent. C'est le génie de la famille.

Alfred acquiesça, quoique avec une certaine réticence. Car depuis qu'il savait que le jeune comédien était parfois un voleur, il ne lui inspirait plus confiance. Il ne parvenait pas à s'ôter de la tête la mise en garde de sa mère. Agatha, au contraire, avait l'air ravie. Bien que tout aussi surprise, la fillette se délectait de toutes les facéties d'Harpo. Elle n'arrêtait pas de papoter avec lui et de rire de ses blagues.

Soudain, Alfred aperçut Thomas qui sortait du club. Il donna un coup de coude à son amie. Celle-ci cessa de bavarder pour se concentrer de nouveau sur l'enquête.

– Le voici, chuchota Harpo en se cachant derrière la boîte aux lettres. Je me demande où il va aller maintenant. Il est trop tôt pour qu'il se rende au théâtre.

– Nous allons le savoir, répondit Agatha avec détermination.

Quand elle vit que Thomas s'approchait de la chaussée et agitait le bras pour héler un taxi, elle fit aussitôt de même. Elle se mit à courir à toutes jambes, traversa la rue, puis poussa ses amis dans la première voiture qu'elle réussit à arrêter.

– Suivez ce véhicule, dit-elle au chauffeur.

– Mais tu as perdu la tête ? s'exclama Harpo. Les taxis coûtent une fortune !

– Nous n'avons pas le choix si nous ne voulons pas laisser filer Thomas, répondit la fillette.

La pianiste qui en savait trop

— Mais nous aurions pu prendre le métro aérien, ou nous accrocher à l'arrière du tram pour voyager à l'œil, ou même emprunter une bicyclette. C'est très facile dans ce quartier !

Agatha le regarda, surprise. Pour elle, l'argent n'avait jamais été un problème.

Harpo secoua la tête pour exprimer sa désapprobation. Pendant ce temps, Alfred, qui n'avait cessé de regarder par la fenêtre, sortit le plan de New York d'Agatha et entreprit de suivre l'itinéraire avec son doigt. Une petite pluie fine commença à s'abattre sur le pare-brise, brouillant la vue au point qu'il était presque impossible de distinguer le taxi de Thomas qui s'engageait dans des rues de plus en plus étroites. La situation semblait parfaitement sous contrôle jusqu'à ce que leur chauffeur écrase brusquement la pédale de frein. Le coup fut si brutal que la carte tomba des genoux d'Alfred, l'obligeant à se pencher pour la ramasser. Quand il releva la tête, il découvrit, consterné, qu'ils venaient de déboucher dans une avenue pleine de véhicules arrêtés.

Cap sur les quartiers sud de la ville

– Oh non ! s'exclama Agatha, dépitée. Vous ne pouvez pas prendre un autre chemin ?

Le chauffeur haussa les épaules et donna un grand coup de klaxon pour tenir en respect les badauds qui, profitant des embouteillages, avaient envahi la chaussée. Mais en pure perte. Il était devenu impossible de manœuvrer, et lorsque les enfants virent la voiture de Thomas bifurquer dans une rue transversale, Harpo s'écria :

– Quand je vous disais que prendre un taxi était une perte de temps ! Il va nous échapper !

Juste au moment où ils commençaient à perdre espoir, le chauffeur réussit à se frayer un chemin entre les piétons. Il exécuta un demi-tour et s'engouffra dans la ruelle qu'avait empruntée le taxi de Thomas. Le raccourci les mena dans le quartier chinois. Celui-ci était plein de petites échoppes qui vendaient du poisson séché et des épices. L'odeur qui régnait dans le dédale de venelles les obligea à se boucher le nez, même si ce n'était pas facile pour Alfred qui devait tenir le plan avec son autre main. La pluie s'était mise à tomber dru quand ils atteignirent l'extrémité de l'île de Manhattan. Ils virent le véhicule qui transportait Thomas se diriger vers le quai d'embarquement de Battery Park.

– Il est en train de descendre du taxi, s'écria Alfred. Dépêchez-vous !

Thomas paya sa course, puis se couvrit la tête avec un journal pour se protéger de la pluie, avant de dévaler l'escalier qui menait à l'embarcadère, de l'autre côté du parc. Soudain, une carriole passa, masquant la silhouette du directeur adjoint.

– Flûte ! maugréa Alfred. Il va nous échapper !

Voyant que les enfants étaient pressés, le taxi laissa ses jeunes clients à quelques mètres de la carriole et ceux-ci descendirent en quatrième vitesse.

Agatha tendit un billet tout neuf au chauffeur, qui eut l'air enchanté quand la fillette lui dit de garder la monnaie. Pendant ce temps, Harpo regardait de tous côtés, cherchant Thomas des yeux.

À croire que le régisseur s'était évaporé. Mais, quand Alfred se tourna vers le quai, il l'aperçut en train de courir sous la pluie.

Cap sur les quartiers sud de la ville

– Là-bas ! s'écria-t-il en montrant une petite guérite accolée à un ferry. Il va à la statue de la Liberté !

Alfred n'était pas quelqu'un qui se laissait semer facilement. La silhouette de Thomas venait d'atteindre le bout du parc et se dirigeait droit sur l'embarcadère.

Sans perdre une seconde, les enfants détalèrent en se couvrant la tête avec leurs manteaux. Mais, devant le petit kiosque qui vendait les billets, un employé leur barra la route.

– Trop tard, mes amis. Le ferry vient de partir.

Harpo n'était pas sûr d'avoir bien entendu les paroles qui sortaient de la bouche de cet individu au teint de poisson pas frais.

– Mais qu'est-ce que vous racontez ? Il est toujours à quai !

– Oui, mon petit malin, répliqua l'homme en exhibant des dents toutes noires. Le bateau est sur le point d'appareiller. Encore que... pour une modique somme, je pourrais m'arranger pour qu'il vous attende.

Agatha regarda Harpo, certaine de pouvoir faire face à ces exigences abusives. Mais lorsqu'elle palpa l'intérieur de son sac, elle prit conscience que c'était impossible. Presque tout l'argent qu'elle avait emporté avait servi à régler le taxi et il ne lui restait que quelques pièces de monnaie pour essayer de graisser la patte à l'employé véreux.

Le bateau lâcha un panache de vapeur, annonçant l'appareillage imminent, et l'homme sourit d'un air narquois.

– Désolé, mes petits princes, mais c'est le dernier ferry de la matinée. Le prochain part dans deux heures.

Harpo serra le poing, furieux, puis décidant que le lieu était mal choisi pour se bagarrer, fila retrouver Agatha et Alfred, qui commençaient à rebrousser chemin dans leurs manteaux trempés de pluie.

– Maudit rafiot ! s'exclama le jeune comédien en voyant le bateau mettre le cap sur la statue de la Liberté. Quand je vous disais que Thomas allait nous échapper ! Les taxis ne servent à rien. Ils coûtent les yeux de la tête et arrivent toujours en retard !

Harpo n'avait pas tort. Elle regrettait d'avoir dépensé tout son argent pour payer la course.

Cap sur les quartiers sud de la ville

– Ce n'était peut-être pas une bonne idée après tout, se lamenta-t-elle. Si ça se trouve, nous n'aurions rien découvert.

Elle s'en voulait d'avoir été aussi peu prévoyante, mais quand elle se tourna vers Alfred, qui suivait le bateau des yeux, elle n'y pensa plus. Le vapeur se dirigeait calmement vers Liberty Island, s'éloignant peu à peu du quai. Le garçon l'observait en silence. Et alors que tous se demandaient ce qui pouvait bien se passer dans sa tête, il murmura, songeur :

– Pourquoi diable Thomas veut-il aller voir la statue de la Liberté alors qu'il pleut des cordes ? Je trouve curieux qu'il ait décidé de faire du tourisme par un temps aussi exécrable.

– C'est vrai, reconnut la fillette sans quitter le bateau des yeux. Surtout qu'il ne vient pas de débarquer à New York. D'après Harpo, il est ici depuis plusieurs mois déjà. Et puis pourquoi la statue de la Liberté ? C'est étrange.

Harpo savait que les enfants avaient raison. Il regarda Snouty. La petite chienne était on ne peut plus d'accord avec ses amis. Et pour le prouver, elle s'ébroua afin de chasser la pluie qui menaçait de les engloutir.

Sans doute valait-il mieux rentrer à la maison. Le prochain ferry ne partait que deux heures plus tard et il était trop tard pour essayer de savoir ce que le régisseur était allé faire sur l'île de la statue de la Liberté. Le plus probable était qu'après cela il filerait directement au théâtre pour superviser les répétitions.

Les quatre compagnons décidèrent de rentrer. Le retour fut nettement moins confortable que l'aller, car, avec le peu de sous dont ils disposaient, ils n'eurent d'autre choix que de prendre le tram.

9
Un crime parfait

La cheminée de la grand-mère Miller était toujours allumée en hiver, mais, lorsque la vieille dame, ouvrant la porte aux enfants, vit dans quel état ils étaient, elle s'empressa de rajouter trois bûches dans le foyer.

Alfred ne se souvenait pas être jamais rentré chez lui aussi trempé. Lorsqu'il essora ses chaussettes au-dessus du lavabo, il en sortit assez d'eau pour remplir trois seaux.

Du moins son enveloppe de la médaille du Citoyen n'avait-elle pas trop souffert de l'humidité. Le garçon l'approcha de la chaleur des flammes ; un geste devenu coutumier.

– Tu devrais la laisser à la maison, en sûreté, lui conseilla Agatha. Si tu la trimballes partout avec toi, elle va finir par s'abîmer.

Alfred n'était pas de cet avis. Sentir l'enveloppe contre sa poitrine lui donnait l'impression d'être plus proche de Londres. Sa mère l'avait mise exprès dans sa valise. Elle avait tenu à ce qu'il l'emporte avec lui et c'était comme si cette lettre, dont le sceau commençait à se décolorer, était un lien direct avec ses parents.

Ayant fini d'étendre ses vêtements mouillés, le garçon alla s'asseoir dans un fauteuil à côté d'Agatha. La fillette écoutait les explications de sa grand-mère, qui, le matin même, était allée rendre visite à Hercule et Emma. La malade était de plus en plus affaiblie. Et le médecin leur avait avoué qu'elle était dans un état critique.

La jeune femme allait connaître le même sort que Richard si on ne trouvait pas un remède rapidement.

Un crime parfait

— Je me sens totalement impuissante, conclut Agatha, désemparée. Thomas s'est volatilisé à notre nez et à notre barbe sans que nous ayons pu apprendre quoi que ce soit sur ses agissements. J'aimerais bien pouvoir trouver quelque chose d'utile qui permette au docteur de la sauver.

Grand-maman Miller leva les yeux au ciel et tenta de réconforter sa petite-fille :

— Ma chérie, ce n'est pas à toi de porter cette responsabilité. Les médecins font tout ce qu'ils peuvent.

— Sauf que ça ne suffit pas, souligna la jeune détective avec amertume. Mon instinct me dit que la guérison d'Emma n'est pas seulement une affaire de médecine. Il s'agit d'une énigme complexe. Quelqu'un cherche à assassiner les membres de la troupe. Tout le problème est d'arriver à le démontrer, et le temps joue contre nous.

Snouty s'ébroua devant la cheminée, puis s'approcha de son amie. Elle voyait bien à l'expression de son visage qu'Agatha était inquiète. Jusqu'ici, la fillette avait toujours réussi à résoudre haut la main les mystères qui lui étaient confiés. Mais celui-ci était si complexe que seul le meilleur des détectives aurait pu en venir à bout. Et elle n'était pas certaine d'être à la hauteur de la tâche.

— Je crois que tu jettes l'éponge un peu trop vite, ma chérie, dit sa grand-mère. Ce n'est pas une attitude digne d'une Miller.

Agatha releva la tête. Jusqu'ici elle avait réussi à s'imposer comme la meilleure dans sa spécialité, mais peut-être n'était-elle pas taillée pour une affaire de cette envergure.

— D'après toi, ai-je douté ne serait-ce qu'une seule fois de mes capacités ? demanda la vieille dame avec détermination. J'ai toujours su qu'il fallait se battre pour obtenir ce qu'on voulait. Et je n'arrive pas à croire que ma propre petite-fille ne l'ait pas compris.

Alfred buvait les paroles de Mme Miller. Elle avait réellement un don pour s'exprimer. S'approchant d'Agatha, elle prit sa main dans la sienne.

Un crime parfait

– Mon cœur, je suis intimement convaincue que tu vas réussir à apporter un heureux dénouement à cette histoire ! Il suffit de te lancer !

Une vive émotion s'empara de la fillette. Sa grand-mère était douée pour redonner courage aux autres. Agatha songea qu'elle devait se fier à son jugement.

Entre-temps, Mme Miller était allée s'asseoir devant sa merveilleuse machine à écrire.

– Tu vas réussir, affirma-t-elle en effleurant doucement les touches du clavier. Moi, je l'ai fait toute ma vie. J'ai toujours donné une conclusion heureuse à mes histoires. Cette machine m'en est témoin !

Quand la vieille femme pointa du doigt l'engin, une vague d'émotion s'empara d'Agatha. Elle savait que sa grand-mère voulait lui léguer sa machine à écrire. Elle le lui avait souvent dit, depuis qu'elle était toute petite. C'était son bien le plus précieux et elle souhaitait de tout son cœur qu'Agatha en hérite. La fillette soupira, et à l'instant où elle serra la vieille dame dans ses bras, une étincelle d'espoir jaillit dans son cœur.

La pianiste qui en savait trop

Elle venait d'avoir une idée! Agatha se leva lentement et s'approcha de la machine. Elle examina une à une les touches dorées. Mais bien sûr! Comment n'y avait-elle pas pensé plus tôt?

*

Alfred pria le ciel pour ne pas attraper une pneumonie quand il enfila de nouveau son manteau trempé par-dessus ses vêtements secs. Agatha avait insisté pour qu'ils se rendent immédiatement au théâtre. Ils devaient absolument inspecter le piano.

– Mais pourquoi puisque nous l'avons déjà fait sans succès? D'autres membres de la troupe s'en sont servis et il ne leur est rien arrivé.

– Je sais, répondit la fillette. Mais j'ai une intuition. Et cela pourrait aider Emma. Si nous voulons en avoir le cœur net, nous n'avons d'autre choix que de nous rendre au théâtre.

Agatha boutonna son manteau, puis se tourna brièvement vers sa grand-mère qui l'observait, pleine d'admiration. Quand sa petite-fille l'invita à les accompagner, la vieille dame déclina sa proposition.

– Cette histoire t'appartient, ma chérie, déclara-t-elle en souriant. Tu dois en tenir le premier rôle. Par ailleurs, tu sais très bien que je ne mets jamais les pieds au théâtre.

Les enfants saluèrent grand-maman Miller et filèrent au théâtre, certains qu'Harpo serait déjà à la répétition.

Durant le trajet rendu périlleux à cause du verglas, la fillette entreprit de livrer certaines de ses réflexions à Snouty et à Alfred.

– Nous détenons quelques-unes des pièces qui constituent ce puzzle. Une partition qui ne présente aucune anomalie. Un piano inoffensif. Mais... imaginons qu'en combinant l'un et l'autre, nous découvrions un indice à côté duquel nous sommes passés ?

Son raisonnement ne manquait pas de logique. Et elle était pressée de le vérifier.

Harpo fut ravi de voir arriver ses trois camarades. La répétition de l'après-midi venait de s'achever et il avait du temps à revendre avant la représentation du soir. Il n'y avait plus personne au théâtre ou presque, et lorsque Agatha lui demanda si elle pouvait examiner le piano, il ne souleva aucune objection.

Lorsqu'ils longèrent le couloir des loges, ils croisèrent Mme Hope, qui s'apprêtait à partir. La femme avait décroché son manteau de la rangée de crochets fixés au mur, chacun portant le nom d'un des membres du personnel. Elle enfila sa cape couleur cerise, puis s'enveloppa le visage avec une énorme écharpe de laine pour se protéger du froid. Harpo s'apprêta à la présenter aux enfants : Agatha avait peut-être des questions à poser à la camériste de la Falconetti.

– Je suis pressée, marmonna Mme Hope. Je crains que nous ne devions remettre cette conversation à une autre fois.

La vieille dame n'ayant vraiment pas l'air de bonne humeur, la jeune détective décida de ne pas insister. Quand Mme Hope eut disparu au bout du couloir et refermé la porte derrière elle, Harpo secoua la tête.

– Je me fais du souci pour elle. Elle se comporte bizarrement ces temps-ci, leur apprit-il.

– Vraiment ? s'étonna la fillette. Que veux-tu dire par là ?

– Si tu l'avais connue avant qu'Emma tombe malade... C'était une femme joyeuse, pleine d'humour... Mais maintenant... Je crois qu'elle a été durement affectée par les évènements. Elle n'est plus la même.

Harpo était un garçon au grand cœur. Il avait toujours une parole gentille pour ses collègues de travail. Et Rachel Hope, malgré son mauvais caractère, ne faisait pas exception. Toutes ces heures passées à partager des émotions autour d'une scène resserraient les liens entre les gens qui travaillaient ici. Agatha comprenait mieux à présent pourquoi tous les acteurs se considéraient comme une grande famille.

Lorsqu'ils entrèrent dans la salle, Agatha sentit son cœur se serrer face aux fauteuils vides. C'était étrange d'entendre résonner ses propres pas aux quatre coins de la pièce. Le rideau était fermé, et le fameux piano, seul au milieu de la scène, semblait défier la salle déserte.

La pianiste qui en savait trop

Alfred, Harpo et Snouty étaient sur des charbons ardents. Aucun ne savait ce qu'Agatha avait en tête. Quand ils la virent s'approcher de l'instrument, s'asseoir sur le tabouret et poser la partition sur le pupitre, ils protestèrent vigoureusement.

— Mais enfin, tu es folle ! s'indigna Harpo. Que cherches-tu à démontrer ?

— La vérité, répondit Agatha. En l'occurrence, qu'il n'y a aucune malédiction, mais qu'il s'agit d'une tentative d'assassinat.

— Mais pourquoi tiens-tu à jouer sur ce piano ? intervint Alfred, blanc comme un linge. Je ne suis pas d'accord pour que tu prennes des risques. Imagine qu'il t'arrive quelque chose ? Que vais-je dire à ta grand-mère ?

— Ma grand-mère approuverait mes méthodes d'investigation. D'ailleurs, ne t'inquiète pas. Harpo va me donner un coup de main. Il va lire les notes de musique à mesure que je vais les interpréter. Ainsi, il nous sera plus facile de déceler une quelconque anomalie.

Un crime parfait

— Mais je ne sais pas lire la musique ! s'écria le jeune homme. Je ne connais qu'un ou deux airs que j'ai appris à jouer par cœur avec l'aide de mon frère. Je ne connais rien au solfège !

Agatha resta sans voix devant cet aveu. Elle avait toujours cru qu'Harpo était musicien.

— Dans ce cas, je n'ai pas le choix, conclut-elle avec aplomb. Puisqu'il n'y a que moi qui sache lire une partition...

Snouty aboya vivement pour manifester sa désapprobation. Elle n'était pas disposée à se retrouver seule à la tête de l'agence Miller & Jones parce que sa jeune maîtresse prenait des risques inconsidérés. Elle vint se poster à côté d'Alfred pour bien montrer son indignation.

Mais Agatha refusait de céder. Assise bien droite, elle observait les notes de musique et repensa aux paroles encourageantes de sa grand-mère. Puis elle inspira profondément et commença à jouer.

Harpo vint se poster derrière la fillette en se mordant nerveusement le pouce. Il s'efforçait de se concentrer de toutes ses forces, les yeux fermés, en priant le ciel pour que son obstination ne les envoie pas eux-mêmes à l'hôpital.

Alfred, quant à lui, observait les doigts de son amie qui effleuraient les touches délicatement. C'était une chance que les jeunes personnes de bonne famille puissent recevoir une éducation aussi complète, mais, à cet instant présent, il craignait que cela ne se retourne contre elle. Il aurait préféré qu'Harpo prenne sa place, mais un musicien qui ne savait pas déchiffrer une partition ne leur était d'aucune utilité.

Pour essayer de se calmer, Alfred s'obligea à se concentrer sur les mains qui virevoltaient d'un bout à l'autre du clavier. Elles se rapprochaient et s'éloignaient en cadence, tandis que la musique s'échappait du piano. Une fois l'introduction terminée, son amie entonna la mélodie.

Harpo resta muet d'étonnement quand il entendit la voix d'Agatha. Jamais il n'aurait imaginé qu'elle soit aussi douée. Il aurait donné n'importe quoi pour pouvoir chanter aussi juste, et ressentit même un petit pincement de jalousie. Mais il ne devait pas se laisser distraire par ses pensées, car la vie de la jeune détective était en jeu.

Elle était arrivée à la partie la plus animée de la chanson et interprétait ce passage avec beaucoup de passion. Alfred remarqua que ses mains s'écartaient de plus en plus l'une de l'autre, puis se rejoignaient au milieu du clavier pour s'éloigner à nouveau vers les notes extrêmes. Si quelque chose devait arriver, ce ne pouvait être que maintenant. Il observa attentivement le visage d'Agatha.

La fillette jouait toujours. Elle venait d'achever la seconde strophe et d'entamer le refrain.

Lorsque son regard tomba sur les dernières notes, elle comprit.

Elle fixa le clavier, prise de panique. Sa main gauche, qui jouait les graves, se dirigeait vers l'extrémité du piano, comme si ses doigts étaient animés d'une vie propre et qu'elle ne pouvait pas les arrêter. Elle se crut perdue, jusqu'à ce qu'un geste soudain et inespéré mette fin à la musique.

– Agatha ! Stop !

Harpo lui avait saisi le poignet gauche et le tenait levé en l'air. Tous deux regardèrent abasourdis les notes graves du piano, tandis qu'Alfred et Snouty s'approchaient. La fillette abaissa sa main lentement et la posa sur ses genoux.

– Je le savais..., murmura-t-elle le regard perdu dans le vague. Pendant tout ce temps, il se cachait ici et personne ne l'a remarqué.

Harpo était comme frappé de stupeur. Il était surpris par sa propre réaction et tenta de s'expliquer :

– Brusquement, je me suis souvenu de la mélodie. C'est précisément à ce passage que le drame s'est produit.

Alfred s'approcha pour connaître ses déductions. Elle tourna sur son tabouret et regarda ses amis.

– Vous souvenez-vous de ce qu'a crié Richard avant de s'évanouir ? Ce que nous a rapporté la Falconetti ?

– Oui, répondit Alfred. Elle a dit qu'il s'était mis à crier quelque chose à propos du diable.

Un crime parfait

— Pas tout à fait, rectifia Agatha. Il a crié *Diabolus*, ce qui signifie « diable » en latin, oui, mais qui se réfère ici à quelque chose de plus effrayant encore. Regardez.

La fillette désigna du doigt la partie basse de la portée.

— Vous voyez cela ? dit-elle. Ce sont les notes que j'allais jouer quand Harpo m'en a empêchée. La dernière note que j'ai jouée est un *mi*. La suivante est un *si* bémol.

Les enfants et Snouty regardaient la jeune détective sans comprendre où elle voulait en venir.

— Je vous demande pardon, s'excusa Agatha. J'oubliais que vous ne savez pas lire la musique. Mais si je vous dis qu'accolées l'une à l'autre les notes forment ce qui s'appelle un *Diabolus in musica*, vous comprendrez aisément ce qui fait la particularité de cette chanson.

— Un *Diabolus in musica* ? s'exclama Harpo abasourdi.

— Oui, confirma Agatha. Ces deux notes sont espacées de trois tons sur la gamme. Un écart que les musiciens du Moyen Âge n'avaient pas le droit de jouer, car cet accord était réputé maudit. Et donc, vous aurez compris ce que voulait dire Richard quand il est tombé malade.

– Il ne parlait pas du diable, mais de la partition, conclut Alfred.

– Exactement ! s'exclama la fillette qui venait de comprendre que le morceau renfermait un secret.

Le garçon, pour sa part, n'arrivait pas à imaginer quelle sorte de mystère se cachait derrière ces notes malfaisantes.

– Snouty, il va falloir que tu flaires l'extrémité du clavier, suggéra la fillette en s'efforçant de garder son calme.

Elle n'eut pas besoin de le répéter. La petite chienne se mit aussitôt sur ses pattes arrière et s'approcha des touches situées sur la gauche du piano en prenant soin de ne pas y poser ses griffes.

– Je suis sûre que nous allons connaître la réponse dans un instant, déclara Agatha.

Un crime parfait

Snouty lança deux aboiements, et les enfants s'approchèrent. Alfred examina le clavier, mais ne remarqua rien de particulier.

– Je ne vois rien de bizarre.

Son amie sourit.

– Le mystère ne réside pas dans les touches blanches. Précisément. Le *mi*, ici, est la dernière note que j'ai jouée. La cinquième en partant de la gauche. Mais je suis prête à parier toute la fortune de mes parents que la première touche noire du piano, le *si* bémol, est responsable de tous ces drames. Car si je l'avais jouée ensuite, j'aurais obtenu un *Diabolus in musica*. L'intervalle interdit.

Harpo avait enfin compris. Il sortit un mouchoir de sa poche et le passa sur la touche noire qui correspondait au *si* bémol.

– Regardez ! s'écria-t-il.

Le mouchoir d'Harpo venait de confirmer l'exactitude de la théorie d'Agatha. Une substance bleuâtre était apparue comme par magie sur le carré de coton.

– Du poison ! s'exclama Alfred.

La pianiste qui en savait trop

Agatha se leva du tabouret et poursuivit son explication :

— Examiner la machine à écrire de grand-maman m'a amenée à considérer ce piano sous un autre jour. En l'inspectant de près, j'ai remarqué que certaines lettres étaient estompées. Celles dont on se sert le plus souvent. Et j'en suis venue à la conclusion qu'il pouvait se produire la même chose avec un piano : certaines touches s'usent plus vite que d'autres.

Les deux garçons commençaient à comprendre. La fillette ôta la partition du pupitre pour la montrer à ses amis.

— Voyez plutôt. Les notes graves descendent très bas au-dessous de la portée. Et ces notes-là correspondent aux touches les plus à gauche du clavier, celles qu'on n'utilise pour ainsi dire jamais. Cela, joint au *Diabolus in musica* qui nous indique précisément quelle partie du clavier est concernée, l'indice qui m'a permis de déterminer quelle touche avait été empoisonnée.

Un crime parfait

— Avec une partition comme celle-là, c'était un jeu d'enfant, conclut Harpo.

— Exactement, reprit la fillette. Les autres artistes ont pu se servir de ce piano sans qu'il leur arrive quoi que ce soit, car ils n'effleuraient jamais la note en question. C'était une idée fantastique pour nous faire croire à tous que la partition était maudite.

— Un crime parfait..., médita Alfred.

— Absolument, répondit la fillette en souriant d'une oreille à l'autre. Même si ce n'est plus vraiment le cas.

*

Le mouchoir d'Harpo soigneusement rangé dans la sacoche de la fillette, Agatha, Alfred et Snouty se rendirent à l'hôpital. Ils devaient informer Hercule au plus tôt de leur découverte, et surtout lui remettre le mystérieux échantillon de poison recueilli sur le piano.

Agatha exultait. Elle se félicitait d'avoir écouté les conseils de sa grand-mère. La jeune détective avait réussi à prouver qu'elle avait raison et que le mauvais sort n'avait rien à faire dans cette histoire.

Alfred, quant à lui, était vivement impressionné. Les connaissances musicales d'Agatha avaient permis de faire progresser l'enquête de façon spectaculaire. Ce qui ne l'empêchait pas de se sentir mal à l'aise. Il avait le pressentiment qu'un terrible danger les guettait.

C'est alors qu'il s'aperçut que quelqu'un les suivait. Une voiture noire roulait au pas derrière eux.

Heureusement, ils étaient presque arrivés à l'hôpital où ils pourraient se mettre à l'abri. Il alerta ses amies et tous trois foncèrent à toutes jambes vers la porte d'entrée, le mystérieux véhicule sur leurs talons. Juste au moment où ils pénétraient dans l'établissement, l'auto accéléra brusquement et disparut au bout de la rue.

– Cette affaire se complique, murmura Agatha.

*

Par chance, ils ne croisèrent personne dans les couloirs de l'hôpital. À cette heure de l'après-midi, le personnel était trop occupé à donner des soins pour remarquer la présence d'une petite chienne avec deux bouts de queue.

Agatha avançait à grands pas, consciente qu'il n'y avait pas une minute à perdre. Elle remonta en hâte le corridor qui menait à la salle où étaient alités les malades. Quand les trois amis atteignirent le lit d'Emma, ils trouvèrent Hercule assoupi sur sa chaise.

Assis au chevet de sa sœur, le malheureux majordome lui tenait tendrement la main.

Il y eut un mouvement de l'autre côté du paravent derrière lequel se trouvait Emma, et le Dr Wilkins apparut. L'homme salua les enfants, mais quand il remarqua la présence de Snouty, ses sourcils se froncèrent. Cependant, la petite chienne se tapit sous le lit en signe de soumission, et il ne protesta pas.

– Je suis heureux de vous revoir, murmura le médecin pour ne pas réveiller Hercule. Malheureusement, je n'ai toujours pas de bonnes nouvelles à vous annoncer.

Agatha passa la tête derrière le paravent où Norman, pâle comme un linge, respirait à petits coups saccadés. Le Dr Wilkins le soignait également, apparemment.

Le pauvre garçon présentait les mêmes symptômes que la chanteuse. Agatha remarqua sur son cou une tache bleue similaire à celle d'Emma, de toute évidence due au poison.

Il fallait qu'elle en parle sans tarder au médecin, car peut-être trouverait-il un antidote. Elle sortit le mouchoir de son sac et le tendit au docteur.

En l'apercevant, l'homme pâlit. Mais lorsque Agatha et Alfred lui eurent expliqué où ils l'avaient trouvé, le visage du médecin retrouva ses couleurs. Il prit le carré de tissu dans ses mains, puis déclara, enthousiaste et ému :

– Mademoiselle Agatha, tout espoir n'est peut-être pas perdu.

Entre-temps, Hercule s'était réveillé, tiré du sommeil par les bruits de la conversation.

– Que se passe-t-il ? demanda-t-il aussitôt.

– Il se pourrait que nous ayons trouvé une solution pour Emma, s'exclama Alfred.

– Mademoiselle Agatha, c'est vrai ? s'écria le majordome en se levant d'un bond.

Un crime parfait

Agatha entreprit de lui raconter en détail toutes les étapes de l'enquête et comment les touches du piano les avaient mis sur la voie.

– En analysant la substance présente sur ce mouchoir, expliqua le Dr Wilkins, nous pourrons chercher un antidote. Il est encore trop tôt pour crier victoire, mais il se pourrait que grâce à cet échantillon nous puissions trouver un remède. Je vais le porter de ce pas au laboratoire.

Sur ce, le docteur s'éloigna à grands pas. Hercule s'épongea le front. Il montrait des signes de fatigue. Les nuits passées à l'hôpital commençaient à se faire sentir. Il avait les traits tirés et le teint jaunâtre.

– J'espère qu'il n'est pas trop tard pour Emma, murmura-t-il en regardant sa sœur. Et pour Norman aussi, bien sûr. J'ai l'impression que la maladie progresse plus vite chez lui.

Alfred s'approcha sans faire de bruit de l'autre lit et observa Norman, en priant le ciel pour que l'antidote puisse le sauver lui aussi.

– Pauvre garçon, soupira Hercule. Lui qui appartient à une si grande lignée d'acteurs...

– Comment cela ? demanda Alfred.

– Ses grands-parents étaient des génies de la scène. Ce ne serait pas juste qu'il finisse ainsi.

Ému par les paroles du majordome, Alfred posa une main compatissante sur son bras.

– Ne vous en faites pas, Hercule, affirma-t-il, résolu. Je suis sûr que nous allons pouvoir les sauver.

10

Un dîner chez les Marx

Dehors, les réverbères étaient allumés quand Agatha, Alfred et Snouty quittèrent l'hôpital.

Agatha était satisfaite. Elle avait réussi à convaincre tout le monde qu'il s'agissait d'un crime commis par un individu de chair et de sang. Pour l'heure, ils n'avaient guère d'indices sur lesquels s'appuyer pour démasquer le coupable. Thomas restait leur principal suspect, mais elle espérait en apprendre davantage en interrogeant les membres de la troupe.

Après avoir longé un bon tronçon de la Douzième Rue, les enfants tournèrent dans l'avenue qui la coupait et gagnèrent la bouche du métro aérien. Avant qu'ils se rendent à l'hôpital, Harpo leur avait gentiment proposé de venir dîner chez lui. Il leur était si reconnaissant d'avoir fait avancer l'enquête aussi rapidement qu'il tenait à les remercier.

Alfred avait accepté à contrecœur. Son manteau était toujours trempé. Il savait que s'il continuait à porter ces vêtements humides il allait finir par attraper une pneumonie.

Cependant, le trajet fut plus agréable qu'il ne l'avait imaginé, et quand tous trois se retrouvèrent au pied de l'immeuble d'Harpo, au numéro 179 de la Quatre-vingt-treizième Rue, ils comprirent d'où le jeune homme tenait sa passion pour le monde du spectacle.

Un joyeux tintamarre leur parvenait depuis les fenêtres du quatrième étage. C'est là que devait se trouver l'appartement de la famille Marx. Le son d'un accordéon résonnait à travers les vitres, dissipant l'atmosphère solitaire qui régnait dans la rue. Deux chats juchés sur des poubelles étaient en train de se régaler d'arêtes de poisson. Snouty grogna en les voyant.

Un dîner chez les Marx

Mais au numéro 179, il n'y avait pas de place pour la mauvaise humeur. Des éclats de rire retentirent, invitant les trois amis à se rapprocher de la porte d'entrée. Et lorsqu'ils pressèrent la sonnette, une petite dame menue et souriante vint leur ouvrir en leur souhaitant la bienvenue chez les Marx.

L'ambiance était tellement chaleureuse qu'on n'avait pas envie de faire demi-tour, même si le minuscule salon était plein comme un œuf. Trois garçons affamés attendaient le repas, la fourchette à la main, tandis qu'assis à côté d'eux, un homme d'âge mûr riait de leurs blagues en jouant de l'accordéon.

Agatha supposa que c'était les frères d'Harpo, car ils se ressemblaient tous. Elle s'étonna de ne pas trouver le comédien parmi eux, mais soudain Snouty aboya, et leur ami parut avec un plateau couvert de verres.

L'homme à l'accordéon étira discrètement la jambe pour lui faire un croche-pied. Harpo trébucha et manqua renverser sa précieuse charge.

Tous éclatèrent de rire tandis qu'Harpo reprenait son équilibre.

– C'est mon oncle Al, toujours prêt à faire une blague, expliqua-t-il en regardant les enfants. Prenez garde. Entre lui et mes frères, personne n'est à l'abri dans cette maison.

Al croisa les bras, content de lui, et gratifia Alfred et Agatha d'un clin d'œil. La fillette était quelque peu désarçonnée par les manières de cette famille. Chez elle, un comportement comme celui-là n'aurait jamais été toléré. Et le plus surprenant était que la mère d'Harpo participait à la liesse générale. Réprimant un fou rire, Minnie Marx fit asseoir les enfants à côté de ses fils et annonça solennellement que le dîner était prêt.

Un homme maigre et brun entra dans la pièce, chargé d'une grande soupière remplie de spaghettis. Toute la famille acclama l'entrée de M. Marx, qui exécuta mille révérences puis déposa le plat au centre de la table.

– Tu es un artiste, Frenchie ! s'exclama un des garçons à l'adresse de son père.

Un dîner chez les Marx

Puis il commença à piquer des nouilles avec sa fourchette pour les mettre dans son assiette. Bientôt, tous l'imitèrent. Alfred et Agatha les observaient sans bouger, fascinés par cette avalanche de Marx envahissant toute la table. Alfred comprit que, s'il ne voulait pas repartir le ventre vide, il avait intérêt à imiter les garçons. Mais son amie demeurait assise sans rien dire, attendant poliment que Mme Marx daigne la servir. Malheureusement, celle-ci avait regagné la cuisine.

Voyant qu'elle ne mangeait rien, Harpo s'écarta quelques instants du plat et s'adressa à Agatha :

– Tu ferais bien de te rapprocher, sinon il ne va plus en rester. Les spécialités culinaires de Frenchie ne font jamais long feu !

Et, sur ces mots, le comédien retourna s'empiffrer. La fillette l'observa, effarée. Il s'était transformé en véritable prédateur, poussant ses frères sans ménagement pour reprendre sa place. La jeune détective examina ses couverts, toujours intacts sur la nappe grisâtre. Son estomac criait famine. Peut-être ferait-elle bien de se frayer un chemin jusqu'au plat de spaghettis si elle voulait le remplir. Saisissant sa fourchette entre ses petits doigts blancs, elle la serra dans son poing et se joignit à la bande en jouant des coudes.

— Parfait, mademoiselle ! approuva Mme Marx qui était revenue de la cuisine. Encore un ou deux dîners comme celui-là et vous saurez comment dompter cette meute d'affamés.

Agatha se servit des spaghettis et constata qu'Harpo avait raison. Frenchie était un véritable cordon-bleu, son plat était succulent.

Tout en dévorant les pâtes, les garçons ne cessaient de rire et de plaisanter. Et, même si la plupart de leurs blagues lui échappaient, la fillette se sentait parfaitement à l'aise autour de cette table. Ce dîner en compagnie des Marx était infiniment plus amusant que les repas chez ses parents, à Londres, où le seul bruit qu'on entendait était le tic-tac des pendules.

Peu après, Frenchie apporta le dessert. Et cette fois Agatha se jeta sur la crème brûlée comme une authentique Marx.

Un dîner chez les Marx

Harpo regarda la fillette avec fierté. Puis il observa Alfred. Il se caressait le ventre avec contentement.

– C'était savoureux, merci infiniment.

Le père d'Harpo inclina la tête, touché par le compliment, puis ses fils se regroupèrent autour de lui et commencèrent à se chamailler pour savoir qui allait jouer aux cartes avec qui. Apparemment, chez les Marx, il était d'usage de disputer une partie de belote après dîner. En principe, les équipes étaient déjà formées, mais ce soir la mère des garçons avait décidé de se joindre à eux et les groupes se trouvaient déséquilibrés.

– Normalement, Groucho joue avec Minnie, expliqua Harpo. Mais aujourd'hui il avait une représentation au théâtre et il va rentrer tard.

– Le nouveau pourrait le remplacer, proposa l'un de ses frères.

Alfred, pétrifié par cette suggestion, se mit à rougir vivement. Comment décliner poliment l'invitation ?...

– C'est que je ne sais pas jouer..., s'excusa-t-il en balbutiant. Ce serait un désastre.

*

La pianiste qui en savait trop

L'appartement des Marx avait beau se trouver au quatrième étage de l'immeuble, un escalier de secours permettait aux occupants de descendre dans la rue en passant par la fenêtre. Harpo entraîna Agatha dans le couloir qui menait à la cuisine, où Snouty était en train de ronger un sac d'os que Minnie Marx avait déposé par terre. La petite chienne était tellement occupée qu'elle ne remarqua pas que les enfants s'étaient faufilés par la fenêtre.

Contrairement à ce que croyait Agatha, Harpo n'avait pas l'intention de descendre dans la rue, mais au contraire de grimper tout en haut du building. Il se mit à gravir les volées de marches métalliques tout en s'assurant que la fillette le suivait. Arrivé tout en haut, il lui prit la main et tous deux contemplèrent le ciel, émerveillés par la myriade d'étoiles qui se déployait au-dessus de leurs têtes.

Ils étaient sur le toit de l'immeuble. Une partie de l'espace était occupée par de drôles de babioles qu'Harpo gardait dans une petite vitrine. Jeux de cartes, flacons remplis de boutons, et même une montre à gousset qui avait perdu ses aiguilles. Agatha resta sans voix devant ce surprenant bric-à-brac. Elle sourit, ravie de la confiance que lui témoignait le jeune comédien.

– C'est mon jardin secret, expliqua-t-il en remontant la montre. Vivre dans un appartement avec quatre frères, ça ne vous laisse guère d'espace ou de tranquillité.

Harpo grimpa sur le faîte du toit en faisant signe à Agatha de l'accompagner. La vue de tous ces immeubles illuminés était absolument époustouflante.

Un paysage merveilleux. La fillette était emplie de gratitude pour son nouvel ami. Non seulement il leur avait sauvé la vie le jour où ils s'étaient fait racketter, mais surtout, grâce à sa générosité, Emma allait peut-être être guérie. Sans compter l'invitation à dîner alors que la famille Marx était loin de rouler sur l'or.

– Merci pour cette soirée, Harpo, lui dit-elle avec le sourire. Le repas était délicieux.

– Frenchie est peut-être le pire tailleur de tout New York, mais c'est un super-cuistot. La plupart des costards qu'il fabrique sont immettables et lui sont retournés. Mais il est capable de te préparer un plat du tonnerre rien qu'avec trois bricoles.

Agatha essaya de réprimer un éclat de rire, pour ne pas vexer le jeune homme. Mais Harpo avait croisé les bras et regardait, droit devant lui, le ciel rempli d'étoiles.

– Si seulement nous avions assez d'argent ! Frenchie pourrait monter son propre restaurant. Au diable la célébrité et la gloire. Si je veux réussir, c'est uniquement pour qu'il puisse exercer son vrai talent.

La fillette garda le silence. Elle savait qu'un tel vœu était difficile à exaucer. Se faire un nom dans le monde du spectacle était un rêve que seule une poignée d'acteurs parvenaient à accomplir. Mais elle trouvait formidable qu'Harpo garde espoir. Et s'il y avait une chose que lui avait apprise ce voyage, c'est que les gens d'ici mettaient tout leur cœur à réaliser leurs désirs les plus chers. Dès l'instant où ils embarquaient à Liverpool ou ailleurs, ils ne pensaient qu'à se forger une vie meilleure. Et les Marx étaient un parfait exemple de cet état d'esprit.

– Ce n'est pas facile de faire son trou dans cette ville quand on vient d'arriver, commenta le garçon. Déjà, il faut réussir à franchir la douane. Ma famille est restée une éternité sur Ellis Island avant d'être admise.

– Comment cela ? s'étonna Agatha. Je croyais que les voyageurs de troisième classe ne passaient que quelques heures là-bas.

– Tu veux rire ? Cette île est une véritable prison. Les migrants s'y retrouvent coincés pendant des semaines avant que l'on décide de leur sort. Et nombreux sont ceux que l'on renvoie vers leur pays d'origine.

Agatha fut choquée par cette révélation. Elle n'aurait jamais imaginé que seuls les passagers de première classe pouvaient débarquer directement à New York. Grâce aux frères Marx, elle était en train d'apprendre à voir le monde autrement.

– Au moins, Emma et ses collègues ont réussi à arriver jusqu'ici, déclara la fillette.

— Eux oui. Après que leur théâtre a été incendié, ils n'avaient pas le choix, rétorqua le jeune homme. C'est ça la vie d'artiste. Aller d'un côté et de l'autre pour gagner sa pitance. Dommage que des assassins cherchent à nous mettre des bâtons dans les roues.

Agatha comprit où Harpo voulait en venir. Depuis la découverte de la touche de piano empoisonnée, elle n'arrêtait pas de tourner et de retourner toute l'affaire dans sa tête. Il y avait encore beaucoup de détails à élucider.

— Je me souviens du jour où Emma a débarqué au théâtre comme si c'était hier, reprit le comédien. Je venais justement de passer une audition pour M. Strudel. Elle est entrée la première en disant qu'elle cherchait du travail. Après quoi elle a présenté tout le reste de la troupe : Richard, Norman, la Falconetti.

— Tu veux dire que tous sont arrivés de Londres avec elle ? s'enquit Agatha.

— Oui. Tous sauf M. Sébastien. C'est un ventriloque célèbre ici à New York et il se produit depuis longtemps au théâtre. Après les auditions, M. Strudel nous a tous convoqués. Il avait l'intention de renouveler la formule du spectacle. Moi, j'ai débuté quelques jours plus tard. Mon frère Groucho a mis deux semaines à le convaincre de m'engager.

– Alors, tu n'étais pas présent quand Richard a été pris d'un malaise.

– Non. C'est arrivé avant ma venue dans la troupe.

Agatha hocha la tête. Elle n'était pas encore en possession de tous les faits, mais elle savait qu'une étude patiente de tous les indices les mènerait au coupable.

– Tous ces artistes doivent avoir quelque chose en commun, souligna-t-elle. Et jusqu'ici le seul point que j'aie trouvé c'est leur origine.

– C'est exact, confirma Harpo. Tous sont venus de Londres. Mais nous ignorons si M. Sébastien ou M. Strudel sont à l'abri de cette machination. Il se peut qu'ils soient eux aussi en danger.

– Il faut agir vite, constata Agatha. J'ai l'impression que certains détails essentiels nous échappent. La seule chose que nous savons est que l'assassin connaît parfaitement la musique. Et le fait qu'il ait appliqué le poison justement sur le *Diabolus in musica* semble indiquer qu'il cherchait à nous faire croire à une malédiction.

– Je suis d'accord, admit Harpo. Mais je ne suis pas certain que Thomas réponde à tous ces critères. Il n'est que régisseur. Et, à part boxer, je ne pense pas qu'il sache faire grand-chose sur une scène.

– Je vois..., murmura la fillette. Pour résumer, nous avons un suspect qui ne cadre pas avec le *modus operandi*. J'avais espéré le contraire. Mais je me suis trompée, manifestement.

Harpo regarda Agatha avec admiration. Jamais il n'aurait imaginé que cette jeune Anglaise avec ses manières guindées aurait pu réunir autant de qualités. Grâce à elle, Emma, Norman et le reste de la troupe allaient peut-être s'en tirer. Décidément, il avait eu beaucoup de chance de les rencontrer, elle et Alfred.

Ils parlaient depuis un bon moment sur le toit et n'avaient pas vu le temps passer. Agatha songea qu'il devait être tard et proposa à Harpo de redescendre à l'appartement pour tirer Alfred des griffes des Marx.

Mais quand ils entrèrent dans le petit salon, ils découvrirent que le garçon dominait complètement la partie. Les frères d'Harpo s'étaient rassemblés autour de lui et suivaient anxieusement chacun de ses gestes, tandis que Minnie lançait des coups d'œil au jeu de son mari. Alfred était sur le point de remporter la manche et tous attendaient avec impatience le dénouement.

– Alfred, il faut partir..., déclara Agatha.

Mais toute la famille rouspéta, exigeant le silence. Alfred allait peut-être gagner, et tous les yeux étaient rivés sur lui.

Frenchie inspira profondément et montra son jeu en premier. Alfred, à son tour, poussa timidement le sien vers le centre de la table, puis retourna ses cartes. Il y eut un gros soupir de déception. Alfred venait de perdre face à M. Marx qui, fier de lui, savourait son triomphe.

– On ne peut pas gagner à tous les coups, mon ami, déclara Frenchie en secouant l'épaule du garçon. Mais tu as fait preuve de vaillance et tu es bon joueur !

La pianiste qui en savait trop

Alfred sourit, touché par les compliments de M. Marx, qui était déjà dans le vestibule en train de décrocher leurs vestes. Mais quand il eut tendu à chacun son vêtement, son regard tomba sur le dernier pardessus suspendu à la patère, et ses épais sourcils se froncèrent.

– Harpo, ce n'est pas ton manteau, affirma-t-il.

Le jeune homme eut l'air surpris.

– Comment cela ? Il était sur mon cintre, dans les vestiaires, quand je l'ai pris, à la fin du spectacle.

– Eh bien, moi, je te dis que ce n'est pas le tien, insista Frenchie. Regarde la qualité des finitions ! Jamais je n'aurais été capable de faire d'aussi belles coutures !

Tous les Marx éclatèrent de rire. Mais Harpo semblait perplexe. Le vêtement que son père tenait à la main était un pardessus noir en tout point semblable au sien. Il n'y avait donc qu'une seule explication possible : quelqu'un l'avait échangé.

11

Le dauphin de la compagnie

Ce matin-là, Harpo était aussi heureux que si le père Noël était venu frapper à sa porte : il avait un nouveau vêtement, un vieux manteau gris. Et malgré la mauvaise qualité de la gabardine, qui avait dû être confectionnée par Frenchie, le jeune homme semblait aux anges.

– J'ai tellement de poches que je peux y mettre tout ce que je veux, expliqua-t-il aux enfants en arrivant au théâtre. Et pas une seule n'est trouée. C'est mon père qui me l'a offert. Il dit que je dois rendre son manteau à M. Sébastien.

Apparemment, le vêtement qu'il avait emporté la veille était celui du ventriloque. C'est du moins ce qu'indiquait l'étiquette cousue sur la doublure et qu'il montra à Agatha, Alfred et Snouty.

Il était tout de même étrange qu'il ait pu prendre le manteau de quelqu'un d'autre alors que celui-ci était accroché à sa propre patère la veille au soir. Mais tout détail insolite, comme celui-là, pouvant déboucher sur une piste, les trois jeunes détectives avaient décidé de se rendre au théâtre pour tenter d'élucider cette histoire de pardessus et d'interroger les membres de la troupe.

Cependant, quand ils arrivèrent sur place, ils ne trouvèrent que la Falconetti. La diva était dans sa loge, assise devant le miroir, au milieu de toutes les gerbes de fleurs que lui offraient ses admirateurs. Elle bichonnait ses plantes exotiques tout en appliquant son maquillage. Mais lorsqu'elle aperçut Harpo dans la glace, elle se retourna brusquement.

– Ah, te voilà enfin ! s'exclama-t-elle. C'est très mal, ce que tu as fait. Tu n'aurais pas dû chiper le manteau de M. Sébastien. Il a passé toute la matinée à se lamenter.

Harpo rentra la tête dans les épaules, dépité par cette fausse accusation.

— Mais je n'ai rien volé du tout, protesta-t-il. J'ai dû le prendre par erreur.

— Par erreur ? Ou pour ne pas mourir congelé ? Nous savons que c'est toi.

Harpo la regarda sans comprendre, puis tout changea quand la dame désigna le vestiaire où les comédiens suspendaient leurs affaires. À droite, tout au bout de la rangée de patères, les deux seuls cintres vides étaient ceux d'Harpo et du ventriloque.

— Harpo, tu es un vaurien, réitéra la cantatrice. Qu'est-ce que tu as fait de ton manteau ? Je parie que tu l'as perdu et que tu as pris celui de M. Sébastien pour rentrer chez toi.

— C'est faux ! s'écria le jeune homme en regardant ses amis. Je vous jure que j'ai pris le pardessus qui était suspendu à mon cintre ! Si ça se trouve, c'est lui qui s'est trompé.

— Encore une de tes histoires à dormir debout, déclara la Falconetti en prenant le manteau des mains d'Harpo pour aller l'accrocher à la patère de M. Sébastien. Comment se fait-il que tu as changé de pardessus ? Tu ne portais pas ce chiffon immonde hier.

Agatha avait le sentiment que la chanteuse accablait le pauvre garçon sans raison, même si elle ne voyait pas ce qu'elle aurait pu rétorquer pour clamer l'innocence de son ami. La diva se tourna à nouveau vers le miroir avec un geste plein d'arrogance. Puis elle coupa une fleur d'un de ses bouquets, la piqua dans ses cheveux et se dirigea vers la porte qui menait à la scène. Avant de disparaître, elle lança à Harpo, contrit et silencieux :

— Maintenant que M. Sébastien a récupéré son bien j'espère qu'il se sentira mieux. Il a passé toute la matinée à broyer du noir. À cause de cette marionnette poussiéreuse.

— Comment cela ? demanda le jeune homme.

— Ne me dis pas que tu n'es pas au courant. Tu vis dans la lune, ma parole.

Le dauphin de la compagnie

Parfois, la Falconetti dépassait les bornes. Un tel dédain envers Harpo était injuste.

— Je veux parler de M. MacGuffin. Cet affreux pantin, reprit la diva. Hier soir, quelqu'un est entré dans la loge et l'a réduit en miettes.

*

Les trois détectives suivirent Harpo quand celui-ci partit à la recherche de M. Sébastien. Il fallait absolument qu'il dissipe le malentendu, et qu'il lui remonte le moral. Mais il eut beau fouiller tous les recoins du théâtre, le ventriloque et sa malheureuse marionnette étaient introuvables. Sans doute M. Sébastien était-il tellement affecté qu'il avait décidé de se cacher pour qu'on le laisse tranquille.

Ils prirent conscience que la disparition du manteau venait s'ajouter à une multitude d'autres incidents qui s'étaient produits sans que personne y prête attention. Le pardessus n'était pas l'unique anomalie ; il y avait aussi l'arbalète égarée du ventriloque, le jour même où Norman avait perdu connaissance.

Agatha était convaincue que tous ces évènements étaient liés les uns aux autres, mais elle ne parvenait pas pour autant à élaborer une théorie. Alfred, quant à lui, était vivement impressionné, et essayait d'aider Harpo à localiser M. Sébastien.

Pour finir, ce fut Snouty qui, levant son museau, aboya en direction du parterre. Elle s'élança dans l'allée pour indiquer à ses amis qu'elle avait retrouvé le vieil homme. Il était assis au dernier rang tout au fond de la salle, accablé, sa marionnette brisée dans les mains.

Les garçons coururent le réconforter.

– Je ne comprends pas, se lamentait M. Sébastien. Ce malheureux pantin n'a rien fait à personne.

Snouty gémit et renifla les restes de la poupée de papier mâché. Agatha était sincèrement désolée pour le pauvre homme. M. MacGuffin n'était pas seulement son partenaire de scène, il était surtout une partie de lui-même. Et le perdre était une tragédie.

– On va peut-être pouvoir le réparer, suggéra Alfred en examinant la marionnette avec l'aide d'Harpo. Les cassures sont nettes et on devrait réussir à le recoller.

— C'est bien possible, répondit M. Sébastien reconnaissant. Mais ce qui m'inquiète le plus c'est la raison pour laquelle on a fait ça. Dans ce théâtre, il se passe des choses étranges depuis quelque temps et je n'arrive pas à comprendre pourquoi une inoffensive marionnette a été prise pour cible.

— Je suis du même avis, approuva Agatha. La disparition du manteau d'Harpo, de l'arbalète. Quelque chose nous échappe, clairement. J'ai l'impression d'avancer à l'aveuglette pendant que le coupable se rit de nous.

— Je ne le crois pas, chère petite, murmura M. Sébastien à l'oreille de la fillette pour que personne d'autre ne puisse l'entendre. Quelque chose me dit que vous touchez au but au contraire.

— Pourquoi cela ?

— Parce qu'une telle série d'incidents laisse à penser que l'assassin sait que vous êtes à l'affût. En désespoir de cause, il frappe tous azimuts. Même si je ne me risquerais pas à accuser quiconque, pour le moment tout au moins...

— Vous avez des soupçons..., chuchota la fillette en retour.

L'homme plongea ses yeux dans les yeux gris d'Agatha pendant quelques secondes qui leur parurent une éternité, puis il éleva la voix et dit à l'intention d'Alfred, Harpo et Snouty :

— Je crois qu'on devrait aller prendre l'air.

Il ajouta :

— L'atmosphère est un peu confinée ici. Si vous voulez bien venir avec moi, mademoiselle, nous allons laisser ces messieurs se charger de M. MacGuffin.

La jeune détective se leva et accompagna M. Sébastien jusqu'au foyer du théâtre, où ils pourraient parler en toute tranquillité.

*

— Bien, commença Agatha lorsqu'ils furent seuls. Vous avez l'air de savoir quelque chose qui nous a échappé. Dites-moi tout.

Le ventriloque semblait apaisé à présent. Appuyé au cordon qui servait à endiguer les files de spectateurs, il contemplait les affiches qui tapissaient les murs du hall.

– N'est-elle pas magnifique ? s'extasia-t-il en montrant l'un des cadres qui ornaient le foyer.

On y voyait la silhouette svelte d'une femme. Au début, Agatha ne comprit pas ce qu'il voulait dire, mais quand elle examina plus attentivement la reproduction et reconnut les traits de la dame en question, elle sentit son cœur s'accélérer. L'actrice si joliment représentée, avec ses bijoux en or et en pierres précieuses, n'était autre que la grande, l'inégalable Sarah Bernhardt.

La fillette recula d'un pas, impressionnée, mais ne proféra pas une parole. Retrouver ici même la comédienne disparue était plus qu'une coïncidence. Et elle attendait que M. Sébastien lui fournisse une explication.

– Sa disparition est un véritable drame, continua le ventriloque. Le monde ne peut pas perdre une aussi grande artiste. Aucune autre tragédienne ne lui arrive à la cheville.

Il observa un instant l'actrice qui posait dans toute sa splendeur sur l'affiche. Celle-ci devait être ancienne ; la comédienne y avait les traits d'une jeune femme. Elle était élégante, songea Agatha, et sans doute très fière de ses origines, car, sur son corsage, l'actrice portait une fleur de lys, symbole de la France.

– Sa technique était tellement parfaite, reprit M. Sébastien, et tellement naturelle qu'on n'avait pas l'impression qu'elle jouait la comédie. Non, vraiment, elle était insurpassable.

Il soupira, puis se tournant vers Agatha, ajouta :

– La tragédie n'a jamais cessé de frapper Sarah Bernhardt. Je suppose que c'est ce qui arrive quand on vit aussi intensément.

– Que voulez-vous dire ? demanda Agatha follement intriguée.

– Eh bien, elle était sur le point de concrétiser un grand projet : un merveilleux théâtre destiné à animer la vie londonienne, quand un incendie s'est déclaré le soir de l'inauguration.

Le dauphin de la compagnie

La fillette avait l'impression que M. Sébastien cherchait à la mettre à l'épreuve et elle avait le cerveau en ébullition. Mais il ne lui fallut pas plus de quelques secondes pour que les pièces du puzzle commencent à s'emboîter.

– Le théâtre de Londres qui a brûlé, celui où travaillaient Emma, Norman et les autres, appartenait à Sarah Bernhardt ?

– En effet, répondit le vieux monsieur, réjoui par la perspicacité de la détective en herbe. Elle en était la propriétaire et la directrice.

La mâchoire d'Agatha s'affaissa de stupeur. Jamais elle n'aurait imaginé que la disparition de la tragédienne puisse avoir un rapport avec cette troublante affaire, mais elle avait hâte que M. Sébastien lui en dise plus.

– Sarah Bernhardt avait placé tous ses espoirs dans son nouveau théâtre. Elle avait l'intention d'y faire ses adieux à la scène et de le léguer à son dauphin.

– Son dauphin ?

– Son héritier, précisa le ventriloque. L'acteur le plus ancien de sa compagnie, le comique le plus chevronné, était celui qu'elle considérait comme son successeur. En l'occurrence Richard.

Agatha n'en revenait pas. M. Sébastien venait de lui donner la clé qui manquait à cette partition sens dessus dessous.

— Richard aurait dû prendre la tête du nouveau théâtre et diriger tous les autres acteurs, sauf... que tout est parti à vau-l'eau lorsqu'ils sont arrivés à New York. Sarah Bernhardt les avait encouragés à aller chercher du travail en Amérique en attendant que la salle soit restaurée, car elle n'avait pas les moyens d'entretenir toute la compagnie. Une fois la construction achevée, il était convenu que tous reviendraient et que Richard entrerait en fonctions.

— Sauf que Richard est mort, murmura la fillette. Mais qui va prendre la succession désormais ?

— Le nouveau dauphin devait être le plus ancien membre de la troupe, selon les normes qui régissent la compagnie. Et compte tenu des récents évènements, entrevoyez-vous qui cela peut être, mademoiselle Agatha ?

Le dauphin de la compagnie

La réponse lui vint sans qu'elle eût besoin de réfléchir.

– Emma ! s'écria-t-elle.

– Exactement. Et, comme par hasard, la deuxième dauphine est tombée foudroyée en jouant cette partition. Je crains fort que ce ne soit pas terminé.

La fillette était très impressionnée.

– J'ignore qui est le prochain sur la liste, reprit le ventriloque. Mais je suppose que vous l'aurez déjà déduit par vous-même. Mon instinct me dit qu'il s'agit de Norman. Ce qui n'aurait rien de surprenant compte tenu de son illustre ascendance, mais je ne puis en être absolument certain. Pour Emma, je le savais, car c'est elle-même qui me l'a dit.

Il s'agissait là d'une information inestimable. Agatha savait enfin quelle piste suivre. Il n'y avait pas une minute à perdre. Car si ses suppositions étaient les bonnes, un autre crime allait bientôt être commis dans le théâtre. Et ils étaient les seuls à pouvoir l'empêcher.

12

La belladone

— Tu veux dire que toute cette histoire a un rapport avec cette Sarah Bernhardt ? s'exclama Alfred, abasourdi.

Ils se rendaient à l'hôpital d'un pas rapide. Après que M. Sébastien l'avait mise dans la confidence, Agatha était aussitôt retournée auprès de ses amis pour les informer de la suite à donner à l'enquête. Ils décidèrent d'agir avant que commence la représentation du soir. L'assassin était probablement en train de préparer son forfait et il n'allait pas attendre pour passer à l'acte.

Pour l'heure, le plus important était de garder à l'œil tous les suspects. Agatha se souvint de l'existence d'un document qui allait les aider. Il était tout bonnement dans le portefeuille d'Hercule : il s'agissait de la photographie qu'Emma avait envoyée à son frère à son arrivée à New York.

— Il faut que nous subtilisions le cliché sans qu'Hercule s'en rende compte, murmura la fillette lorsqu'ils eurent atteint la salle commune de l'hôpital. Je ne voudrais pas qu'il s'inquiète pour rien. Emma va mieux, mais nous ne savons pas encore si elle est hors de danger.

Harpo approuva d'un hochement de tête. Ils étaient tous les deux seuls. Alfred et Snouty les attendaient devant la sortie. Le plan consistait à détourner l'attention du majordome afin de lui emprunter son portefeuille. Or, qui mieux que le jeune comédien pouvait s'acquitter d'un tel tour de passe-passe ?

Les enfants longèrent sans bruit l'allée centrale du dortoir pour qu'Hercule ne remarque pas leur présence. Par chance, le domestique était de dos, en train d'ouvrir une fenêtre. Harpo s'approcha en catimini de la chaise sur laquelle était accroché son veston, tandis qu'Agatha surveillait le déroulement des opérations, cachée derrière le paravent de Norman. À en juger par son teint gris, le pianiste ne semblait pas aller mieux, contrairement à Emma qui avait retrouvé des couleurs.

Harpo plongea la main dans la poche de poitrine de la veste et en extirpa le portefeuille. Il l'ouvrit d'un geste rapide et net, puis sortit le cliché et le montra à la fillette.

Celle-ci acquiesça d'un signe de la tête. C'était bien la photo qu'ils cherchaient. Le jeune comédien allait remettre le portefeuille à sa place quand un petit gémissement le fit sursauter. Il tourna la tête, affolé. L'auteur de cette lamentation n'était autre qu'Emma. Apparemment, elle venait de se réveiller.

Une vive émotion s'empara d'Agatha qui l'avait entendue, elle aussi. Cependant, Harpo était en mauvaise posture, car il avait toujours le portefeuille d'Hercule entre les mains et ce dernier n'allait pas tarder à se rendre compte que sa sœur venait d'émerger de sa léthargie.

Emma geignait de plus en plus fort à présent et le majordome se retourna, alerté par le bruit. Comprenant qu'ils allaient être pris la main dans le sac, la jeune détective sortit de derrière le paravent et alla se planter devant son ami tout en s'approchant du lit.

– Emma ! Elle est en train de se réveiller ! s'écria-t-elle en feignant la surprise.

À ces mots, le majordome fit volte-face et arriva en courant. Il était tellement bouleversé qu'il ne remarqua pas la présence d'Harpo et d'Agatha.

Il s'élança vers sa sœur et couvrit son front de baisers. La jeune femme le fixait sans comprendre. Ses paupières battaient comme les ailes d'un papillon, tandis que ses yeux s'accoutumaient à la lumière du jour. Agatha regarda le comédien, émue, et le garçon sourit de toutes ses dents, ravi de constater que sa collègue revenait à la vie.

La belladone

Aussitôt, une grande agitation se fit autour du lit d'Emma, car l'une des infirmières, alertée par les cris d'Agatha, avait appelé le reste de l'équipe médicale.

La fillette prit discrètement le portefeuille des mains d'Harpo et le remit dans la veste d'Hercule.

*

– C'est à cause de la belladone, expliqua Agatha quand Harpo et elle eurent rejoint Alfred et Snouty. C'est un poison étrange qui était contenu dans la fameuse poudre bleue.

Alfred avait accueilli avec joie la nouvelle du réveil d'Emma. Tandis que tous les quatre se dirigeaient vers Union Square, il écoutait attentivement les explications que le Dr Wilkins avait données à son amie.

– La belladone est une très belle fleur dont l'essence a des effets paralysants, poursuivit Agatha. Dans un premier temps, elle vous rend muet. Puis le sujet s'évanouit et finit par mourir au bout de quelques jours.

La pianiste qui en savait trop

Ils venaient de franchir la grille du parc et recherchaient un banc où s'asseoir pour pouvoir réfléchir tranquillement à tous les indices dont ils disposaient. Alfred intervint, s'avisant qu'il s'agissait d'une découverte capitale :

– C'est pour cela que toutes les victimes se tenaient la gorge. Parce qu'elles ne pouvaient plus parler. Nous pensions que la marque bleue avait été provoquée par le poison, alors qu'il s'agissait d'un hématome.

– Maintenant nous le savons, confirma son amie. Et il est devenu évident que l'assassin connaît parfaitement tous les membres de la troupe. D'ailleurs mes soupçons se portent à présent sur quelqu'un qui, jusqu'ici, n'a pas attiré notre attention.

Agatha sortit la photo et la montra à Harpo, Alfred et Snouty.

– Sur ce cliché, il y a tous les acteurs qui sont venus de Londres. Richard, le dauphin, en compagnie d'Emma, Norman et Flora Falconetti.

Harpo observa Emma. Celle-ci posait en femme grecque, insouciante de ce qui allait lui arriver.

La belladone

Ce portrait était un peu comme une fenêtre ouverte sur une époque heureuse. Aucun de ces gens n'avait encore subi le moindre dommage.

– As-tu pensé au reste de la troupe ? souligna Alfred. Nous ne pouvons écarter personne...

– C'est certain, convint la fillette. Il y a également M. Sébastien, même s'il a, lui aussi, été la cible de l'assassin, et M. Strudel. Ce dernier pourrait être à l'origine du vol de l'arbalète et de la destruction de la marionnette. Et de l'échange des manteaux.

Alfred était d'accord, mais ni le directeur du théâtre ni le régisseur ne semblait avoir le profil d'un meurtrier.

– Je trouverais curieux que M. Strudel veuille tuer les membres de sa troupe, observa le garçon, poursuivant son raisonnement. Des acteurs qui tombent malades ou disparaissent portent préjudice au spectacle. D'un autre côté, Thomas ne connaît pas grand-chose à la comédie ou au solfège.

Agatha sourit, fière des déductions d'Alfred.

– C'est certain. Notre coupable doit être un expert en musique, confirma-t-elle. De plus, il se débarrasse des prétendants au titre d'héritier du théâtre au moyen d'un poison extrait d'une plante. De sorte que, mes amis, parmi tous ceux présents sur cette photo, sur qui pourraient se porter nos soupçons, si nous excluons tous ceux qui se trouvent à l'hôpital ou au cimetière ?

Alfred pointa vivement le cliché du doigt et s'exclama :

– La Falconetti ! C'est elle ! Elle veut se débarrasser de tous ses collègues pour pouvoir hériter du nouveau théâtre !

Agatha hocha la tête, ravie.

– C'est ce que je pense aussi. De plus, elle est la seule à ne pas jouer du piano quand elle est en scène. Elle se contente de chanter.

Tout cela semblait tomber sous le sens, car la cantatrice s'était comportée de façon étrange. C'était elle qui avait invoqué la prétendue malédiction de la partition. Sans parler de toutes les fleurs qu'elle soignait avec beaucoup de zèle – peut-être pour un motif beaucoup plus obscur que le simple amour des plantes que lui envoyaient ses admirateurs.

La belladone

– Toutes les pièces du puzzle s'emboîtent à merveille, reconnut Harpo. Mais l'affaire n'est pas finie pour autant. Il faut retourner immédiatement au théâtre !

Le visage du jeune homme était devenu livide et ses yeux écarquillés, affolés.

– C'est la Falconetti qui doit ouvrir le spectacle de ce soir ! s'exclama-t-il. Pourvu qu'elle n'ait pas l'intention de frapper à nouveau...

– Si elle se rend compte que nous l'avons démasquée, elle va s'évaporer et nous ne la reverrons plus. Nous devons l'attraper par surprise !

Agatha inspira profondément, fière de son équipe. Sans Miller & Jones, il se pourrait qu'il y ait une nouvelle victime ou que la coupable prenne la fuite pour échapper à la justice. C'est pourquoi tous les quatre devaient agir sur-le-champ.

13

La pièce manquante

Alfred, Agatha, Harpo et Snouty remontaient à grands pas la Deuxième Avenue en direction du théâtre.

Le jeune comédien espérait arriver à temps pour éviter un nouveau drame. Depuis qu'Emma était tombée malade, il éprouvait le besoin de se rendre utile sans savoir comment, et la piètre qualité de son numéro de chant n'arrangeait rien. Il était conscient que si M. Strudel ne l'avait pas renvoyé, c'était uniquement à cause de la difficulté de recruter de nouveaux artistes pour redonner un peu de vie au théâtre. Car depuis les récents évènements, les spectateurs se faisaient rares.

Et pendant ce temps le ciel se couvrait de plus en plus. Alfred avait l'impression que cette cavalcade à travers Manhattan allait l'achever, mais pour rien au monde il ne serait resté à la traîne. C'est pourquoi il talonnait Agatha de près tout en resserrant son manteau autour de lui du mieux qu'il le pouvait. Il observait les deux bouts de queue de Snouty qui oscillaient au rythme de la marche. Cela l'aidait à se concentrer sur sa propre respiration. Soudain, il remarqua qu'Harpo l'avait rattrapé et qu'il cheminait à ses côtés.

– Je pense que nous devrions bifurquer dans cette contre-allée, lui murmura le jeune homme à l'oreille.

Alfred protesta :

– Mais le théâtre se trouve au bout de la rue. Pourquoi faire un détour ?

Harpo se rapprocha encore et lui glissa, l'air de rien :

– Parce que nous sommes sous surveillance de premier degré depuis deux pâtés de maisons.

La pièce manquante

Le détective en herbe tourna la tête. Son compagnon avait raison : une voiture noire les suivait en roulant de plus en plus vite. Comment avait-il été assez stupide pour ne pas s'en rendre compte ? Il allongea le pas pour prévenir Agatha.

Mais celle-ci avait déjà remarqué qu'ils étaient filés et s'était mise à courir à toutes jambes en direction du théâtre, dont on apercevait la marquise au bout de l'avenue. Snouty trottait devant en aboyant à qui mieux mieux pour effrayer les passants qui arrivaient dans l'autre sens. Mais l'auto les avait presque rattrapés et fonçait comme si elle avait voulu monter sur le trottoir et les percuter.

– Plus vite ! s'écria Harpo.

Les quatre amis détalèrent avec toute l'énergie dont ils étaient capables vers la porte du théâtre. L'automobile passa alors son chemin.

Ils l'avaient échappé belle. Une fois dans le hall, les détectives, hors d'haleine, se rassemblèrent sous l'affiche de Sarah Bernhardt. Mais le temps pressait et Agatha s'engagea aussitôt dans le vestibule qui menait à la salle. Une voix aiguë et puissante faisait vibrer légèrement les lambris. La fillette poussa la porte à double battant. Le spectacle avait commencé et la Falconetti venait de faire son entrée.

*

Une lumière ténue illuminait le centre de la scène. Le théâtre n'était pas plein à craquer, mais il y avait tout de même un nombre non négligeable de spectateurs, contrairement à ce qu'avait craint Harpo.

Le jeune homme s'engagea dans l'allée ; Agatha, Alfred et Snouty marchant sans bruit à sa suite. Tous attendaient de voir ce qui allait se passer sur les planches, où la diva se lamentait sur son amour perdu à grands cris déchirants.

Agatha ne voyait pas comment ils auraient pu la neutraliser. S'ils avaient su quelles étaient ses intentions, ils auraient pu élaborer un plan, mais maintenant que la machination avait été découverte, il était peu probable que la Falconetti emploie à nouveau le même stratagème pour éliminer ses collègues.

La pièce manquante

Elle n'avait peut-être pas d'autre intention que de prendre la fuite.

Alfred indiqua discrètement les deux côtés de la salle. En se postant stratégiquement, ils auraient dû pouvoir contrôler les mouvements de la cantatrice. Il fut décidé qu'Harpo irait monter la garde devant la porte qui donnait sur les loges, tandis qu'Agatha, Snouty et lui-même surveilleraient les fauteuils d'orchestre.

Le numéro de la diva allait s'achever dans quelques minutes. Ce qui leur laissait le temps d'avertir le directeur pour que celui-ci appelle la police. Mais juste au moment où ils allaient se déployer pour mettre leur plan à exécution, une grosse main empoigna Harpo par le col de la veste et l'entraîna dans un coin.

– Où diable étais-tu passé, Marx ?

C'était M. Strudel. Il était furieux et proférait toutes sortes de menaces en prenant soin toutefois de ne pas élever trop la voix.

La pianiste qui en savait trop

— Tu ne peux pas disparaître et reparaître à ta guise alors que nous sommes en sous-effectif! Ton frère Groucho pourra me supplier autant qu'il le voudra. Sitôt terminé ton numéro de ce soir, tu es renvoyé!

Le jeune homme hocha tristement la tête, tandis que le directeur l'attrapait par l'oreille et le traînait vers les vestiaires sans qu'Alfred, Agatha et Snouty aient pu intervenir. Ils échangèrent un regard entendu. Les choses étaient en train de se compliquer. Non seulement Harpo venait de perdre injustement son emploi, mais ils n'avaient pas pu alerter M. Strudel de la gravité de la situation. Et, de toute évidence, il ne daignerait pas écouter ce qu'ils avaient à lui dire. Sans compter qu'à présent, ils n'étaient plus que trois pour neutraliser la diva. Il fallait qu'ils revoient leur plan.

Lorsque le directeur et le jeune comédien eurent disparu dans les vestiaires, Agatha alla se poster juste devant la porte d'accès aux loges. Si la Falconetti essayait de s'enfuir par là, un cri suffirait pour donner l'alerte. Alfred, quant à lui, gagna l'autre côté du théâtre avec Snouty pour pouvoir garder la cantatrice à l'œil. Et, maintenant, il ne leur restait plus qu'à attendre.

La chanteuse, étendue sur la scène, achevait son *lamento*. Sa voix mélodieuse s'élevait, cristalline, entre deux sanglots. Agatha regarda Alfred pour lui signaler qu'elle était prête à passer à l'action. Mais alors que la Falconetti poussait ses derniers soupirs, un étrange bourdonnement traversa la salle.

Une ombre furtive vola au-dessus des spectateurs puis alla se planter sur la scène, à quelques pouces seulement de la poitrine de la cantatrice. C'était une flèche. Les traits de la diva se décomposèrent, et elle se mit à pousser des hurlements en se cachant le visage.

Dans la salle, les gens s'étaient levés de leurs sièges et criaient, créant un grand remue-ménage. Alfred, horrifié, regarda du côté où se trouvait Agatha. La fillette était tout aussi abasourdie que lui : quelqu'un avait essayé de tuer la chanteuse.

Les enfants fouillèrent chaque recoin des yeux, cherchant désespérément à localiser le coupable, mais repérer un suspect dans la masse des spectateurs hystériques était quasi impossible.

Soudain, Harpo apparut sur la scène. Il avait tout observé à travers la fente du rideau et semblait avoir deviné d'où le trait avait été tiré.

– Là-bas ! s'écria-t-il en désignant les fauteuils d'orchestre. Ne le laissez pas s'échapper !

Alfred et Agatha coururent vers l'endroit que leur indiquait le comédien et virent une silhouette obscure foncer tête baissée dans l'allée latérale pour gagner la sortie de secours.

– Rattrapez-le ! s'égosilla Harpo en sautant de l'estrade pour s'élancer à ses trousses.

La vivacité du jeune homme impressionna Alfred. En un clin d'œil, le comédien était à la porte, Snouty sur ses talons.

Sur la scène, la Falconetti continuait de hurler, en proie à une crise de panique que ni M. Strudel ni M. Sébastien ne parvenait à contrôler jusqu'à ce que paraisse Mme Hope.

La pièce manquante

— Voilà qui dissipe nos soupçons, murmura Agatha à Alfred. Si je m'étais imaginé que la diva serait la prochaine victime !

Son ami se perdait lui aussi en conjectures, car tous les suspects étaient tombés entre les griffes de l'assassin. Il songea qu'ils étaient allés trop vite en besogne. Dépité, il baissa les yeux. Les spectateurs ayant presque tous quitté la salle, il n'eut aucun mal à détecter l'objet qui gisait dans l'allée déserte : un engin métallique qui brillait dans la pénombre.

Agatha était en train de se lamenter sur leur manque de perspicacité, quand elle vit Alfred arriver en courant. Son ami venait de ramasser quelque chose dans l'allée.

— Qu'est-ce que c'est ? s'exclama-t-elle quand il lui montra sa trouvaille.

— L'arbalète de M. Sébastien. Imagine ! L'assassin s'en est servi pour essayer de tuer la Falconetti.

Agatha examina la petite arme, un minuscule arc qui correspondait en tout point à la description qu'en avait faite le ventriloque. En prenant la fuite, le coupable avait dû la laisser tomber. La flèche qui avait failli coûter la vie à la cantatrice avait été tirée par un objet auquel M. Sébastien tenait comme à la prunelle de ses yeux !

La fillette tourna de nouveau son attention vers la scène. Cette fois, la Falconetti avait perdu connaissance et Mme Hope, qui avait ôté sa broche, s'en servait pour essayer de la ranimer.

Agatha fronça les sourcils. Il y avait dans ce geste quelque chose qui lui parut familier. Elle voulut en faire part à Alfred, mais celui-ci observait attentivement les comédiens qui s'étaient rassemblés devant le rideau. Il semblait avoir découvert quelque chose.

– Regarde bien la scène, ordonna le garçon.

Agatha obtempéra, intriguée.

– Compte les acteurs réunis autour de la chanteuse et dis-moi qui manque.

La voix d'Alfred avait des accents mystérieux.

– Eh bien ?

La pièce manquante

Perplexe, la fillette obéit, passant mentalement en revue les visages de la troupe tandis que la diva reprenait peu à peu connaissance. Et c'est alors qu'elle comprit qui était absent. Le suspect parfait, celui qu'ils avaient éliminé... jusqu'ici. Car compte tenu de ses fonctions, il était étonnant qu'il ne se soit pas joint aux autres. Et pour cause : un régisseur ne devait jamais quitter son poste.

*

Harpo et Snouty s'étaient élancés aux trousses de l'agresseur, qui remontait l'avenue à toutes jambes. Rapide comme l'éclair, il avait réussi à les distancer, puis avait tourné dans une contre-allée pour essayer de les semer. Le comédien et la petite chienne commençaient à fatiguer.

Au bout de quelques mètres, la silhouette sombre avait disparu dans une venelle entre deux immeubles. La prudence s'imposait, songea Harpo, car ils ne connaissaient pas les lieux. Il jeta un coup d'œil à l'intérieur du passage avant de s'y engager, Snouty à sa suite. Arrivés au bout, ils débouchèrent dans une autre ruelle; une voie sans issue et le suspect n'était nulle part visible. Il avait réussi à se volatiliser.

– Bon sang ! pesta Harpo, écœuré.

Snouty aboya, tout aussi dépitée. Cette course effrénée n'avait en fin de compte servi à rien. Mais, tout à coup, la petite chienne perçut le bruit d'une respiration. Quelque chose se mouvait non loin d'eux.

Elle leva la tête. Une ombre grise était agrippée à la façade de l'immeuble sur leur droite, et tentait de se cacher derrière l'escalier de secours.

– Hep, toi ! cria Harpo en l'apercevant. Tu ne nous échapperas pas !

Le suspect se raidit, nullement décidé à se laisser intimider par les menaces d'un jeune blanc-bec. Saisissant l'extrémité de l'échelle métallique, il la replia jusqu'au niveau du premier étage afin d'empêcher quiconque de le suivre. Puis il se mit à gravir les marches en direction du toit.

Snouty comprit alors qu'il ne leur restait qu'une seule solution. Sautant sur le dessus des poubelles rassemblées dans un coin, elle prit son élan et bondit comme une gazelle. Juste au moment où le malfaiteur pensait lui échapper, elle parvint à planter ses crocs dans son habit.

Harpo s'efforçait de suivre des yeux la lutte qui s'était engagée entre le forcené et la petite chienne, mais sans grand succès, car tout allait très vite. Soudain, les deux adversaires disparurent de sa vue. Brusquement, il vit une masse obscure tomber du haut de l'immeuble. Il poussa un cri d'effroi. Le criminel avait précipité la petite chienne dans le vide. Sans même réfléchir, Harpo fonça vers l'escalier métallique. Un glapissement plaintif lui parvint, et alors que le garçon était persuadé que Snouty allait s'écraser sur le pavé, la masse sombre tomba sur la dernière portion de l'échelle.

Harpo pria le ciel pour que son amie soit encore vivante et poussa un soupir de soulagement en voyant la petite chienne se remettre sur ses pattes. Elle s'ébroua et commença à descendre les degrés restants en traînant un bout d'étoffe derrière elle. L'assassin avait réussi à prendre la fuite, mais les efforts de Snouty n'avaient pas été vains.

Ayant atteint la dernière marche, elle se jeta dans les bras du jeune homme, heureux de la retrouver saine et sauve. Et Snouty avait rapporté un trophée de choix. Car s'ils n'avaient pas réussi à attraper le coupable, ils étaient néanmoins en possession d'une preuve irréfutable.

14

Une fameuse surprise

Alfred et Agatha montaient la garde devant la porte du théâtre. Snouty et Harpo s'étaient lancés à la poursuite du suspect depuis longtemps déjà et ils commençaient à se faire du souci pour eux.

Après l'horrible incident de la flèche, M. Strudel avait décidé d'annuler le spectacle, craignant pour la réputation de son établissement. La jeune détective avait essayé de l'informer de ses récentes découvertes, mais il ne lui avait prêté aucune attention.

Les soupçons qui pesaient sur Thomas ne semblaient pas le convaincre alors même que le régisseur était absent de son poste au moment de la représentation. Agatha était persuadée qu'il n'y avait pas lieu de fermer le théâtre, mais le directeur avait mis en doute les affirmations de la fillette et refusé de lui accorder un peu plus de temps pour lui permettre de résoudre l'énigme. Et voilà que les artistes allaient se retrouver au chômage, à quelques jours seulement des fêtes de Noël.

M. Strudel demeurait intraitable. Il avait réglé leurs cachets à ses comédiens et fermé boutique.

Enfin, Agatha vit paraître Harpo et Snouty au coin de la rue.

Alfred courut à leur rencontre.

Harpo saisit le vêtement posé sur son bras et le déplia sous les yeux de ses amis.

Les traits d'Agatha s'illuminèrent.

– Mais... C'est un manteau ?

– Tout à fait, confirma Harpo. Nous n'avons, hélas, pas pu voir la figure du coupable, mais nous avons réussi à lui prendre ceci. Snouty le tenait si fort entre ses dents qu'il a dû s'en débarrasser pour pouvoir s'échapper.

Une fameuse surprise

Alfred examina le pardessus sous toutes les coutures, mais n'osa pas émettre d'avis. Son amie, en revanche, avait deviné ce qu'allait leur révéler le comédien.

– Il n'y a qu'un seul manteau comme celui-là dans le monde entier, annonça le jeune homme en croisant fièrement les bras. Il est si mal coupé et de si mauvaise qualité qu'il serait impossible de ne pas le reconnaître. C'est le mien !

*

Pour une surprise c'était une surprise. Il fallait que Thomas ait été un esprit machiavélique pour imaginer un tel stratagème.

– Mais pourquoi le manteau d'Harpo ? demanda Agatha en s'emparant du vêtement pour l'examiner à la lueur du lampadaire.

– Peut-être simplement pour brouiller les pistes, argua Alfred. Pour qu'on ne puisse pas le reconnaître.

– Possible, médita Harpo. Dommage qu'il nous ait échappé. Allez savoir où il se cache à présent...

C'est alors qu'une lumière jaune brilla à l'autre bout de la rue. Les enfants se retournèrent et tendirent l'oreille. Le bruit de moteur d'une voiture grondait, se rapprochait.

L'automobile noire qui les suivait depuis plusieurs jours venait d'apparaître au bout de la rue et cette fois ils n'avaient nulle part où se cacher.

Agatha observait les phares, affolée elle aussi. Mais avant qu'Harpo ou Alfred aient pu faire une suggestion, elle enfila le manteau et se mit à courir, Snouty sur ses talons.

Compte tenu des circonstances, c'était la meilleure réaction possible, et les deux garçons l'imitèrent. Derrière eux, la voiture allait de plus en plus vite, réduisant à vue d'œil la distance entre eux. Encore quelques secondes, et ils seraient pris au piège. C'est alors qu'Harpo avisa les rails du tram au coin de la Troisième Rue. La rame était sur le point de redémarrer. Le jeune homme siffla énergiquement pour indiquer à ses amis de le suivre.

Une fameuse surprise

La voiture noire avait dépassé le théâtre à présent. Il ne restait plus que quelques mètres à parcourir aux enfants pour pouvoir s'accrocher à l'arrière du tramway. Agatha et Snouty couraient devant, Harpo légèrement en retrait pour s'assurer qu'Alfred restait avec eux. Mais le pauvre était à la traîne.

Agatha et Snouty avaient atteint la queue du wagon et l'encourageaient depuis la plate-forme de bois. Et Alfred, paniqué, s'agrippait à la gabardine d'Harpo qui courait toujours et avait presque atteint le marchepied.

Un coup de klaxon les fit sursauter. L'automobile noire était sur le point de les percuter. Juste au moment où ils allaient passer sous les roues du véhicule, Harpo sauta sur la plate-forme et tira Alfred par le bras.

Vaincue, la voiture poursuivit son chemin. Ils avaient réussi ! Ils étaient sauvés.

Le jeune comédien ordonna à ses amis de se baisser pour ne pas être vus du contrôleur. Ils n'avaient même pas de quoi se payer un ticket et Agatha s'en voulut de n'avoir pas pensé à demander de l'argent à sa grand-mère.

Alfred sortit le plan de New York de sa poche et tenta de s'orienter en s'aidant du numéro du tramway. D'après ses calculs, ce dernier se dirigeait vers la partie basse de la ville, près de Battery Park : la même route que celle qu'ils avaient empruntée quand ils avaient suivi Thomas en taxi.

Il allait le dire à Agatha quand il vit la mine affolée de son amie.

– Elle nous suit toujours. Nous n'allons pas pouvoir nous en dépêtrer, s'exclama-t-elle.

Alfred jeta un coup d'œil à l'extérieur. L'automobile noire ne les lâchait pas d'une semelle et roulait, collée comme une sangsue aux rails du tram.

Les enfants savaient qu'ils allaient devoir aller jusqu'au terminus. Au moins, une fois au bout de la ligne, ils pourraient compter sur l'aide du conducteur ou d'un passager.

Une fameuse surprise

Enfin, la silhouette magnifique de la statue de la Liberté leur indiqua qu'ils avaient atteint l'extrémité de Manhattan.

Ils descendirent du tram, tremblants de peur. La voiture noire s'était garée le long du trottoir d'en face et les attendait.

Agatha et Alfred comprirent qu'il ne leur restait d'autre choix que de négocier.

Une des portières du véhicule s'ouvrit, laissant apparaître une silhouette familière. C'était Thomas. Il se planta au milieu de la chaussée, puis s'étant assuré que tous l'avaient bien vu, le régisseur fit demi-tour et traversa le parc en direction de l'embarcadère.

La neige s'était mise à tomber à gros flocons. Les amis redoutaient de devoir affronter l'assassin, mais il était hors de question de rentrer bredouilles à la maison. Il était évident que Thomas voulait les inciter à le suivre, mais Alfred n'était pas certain que cette décision était la bonne. Il remonta le col de son manteau pour se protéger de la neige et emboîta le pas à Harpo. Le comédien avançait à grandes enjambées en direction de la guérite du ferry.

Une fois là-bas, ils se retrouvèrent nez à nez avec le sinistre gardien qui leur barra à nouveau la route.

– Eh, où croyez-vous aller comme ça ? Vous connaissez les conditions pour pouvoir monter à bord.

Harpo observa l'odieux bonhomme, puis essaya de ruser.

– Oui, bien sûr, l'ami. Un moment s'il vous plaît.

Le jeune homme commença à fouiller les poches de sa gabardine. Malheureusement, il ne portait ce nouveau manteau que depuis peu et ne trouva rien d'autre qu'un morceau de verre et un vieux dé à coudre. Conscient qu'il s'agissait là d'un bien maigre butin, il ordonna à Alfred :

– Vide tes poches.

Alfred écarquilla les yeux sans comprendre. Mais Harpo insista :

– Allons, tu dois bien avoir un petit quelque chose de valeur.

Une fameuse surprise

Agatha lança un regard désespéré à son ami, pour lui demander d'obtempérer. Elle aussi avait fouillé ses poches ainsi que celles du manteau récemment récupéré d'Harpo, sans succès. Thomas allait leur échapper s'ils ne réussissaient pas à monter dans le ferry.

– Entendu..., marmonna Alfred, dépité. Mais je n'ai pas grand-chose. Quelques pennies, un reste de sandwich à la dinde, et... le courrier de la médaille du Citoyen.

À ces mots, le visage d'Harpo s'illumina.

– C'est parfait.

Puis, saisissant la lettre, il se dirigea vers le cerbère qui gardait la porte. Alfred n'eut pas le temps de protester. Il ne voulait pas sacrifier son trésor pour rien. Car il ne comprenait pas comment un document officiel qui venait de l'autre côté de l'Atlantique aurait pu impressionner l'employé véreux. Pourtant, lorsqu'il vit Harpo s'approcher du bonhomme, et lui agiter la missive sous le nez, il fut contraint de changer d'avis.

– Regardez ceci, s'exclama Harpo en fixant le gardien droit dans les yeux. Vous savez de quoi il s'agit ? C'est une lettre de l'ambassadeur d'Angleterre.

Le comédien brandissait l'enveloppe marquée au sceau de Scotland Yard. Agatha, Snouty et Alfred étaient figés.

– Vous voyez ce garçon ? reprit Harpo en désignant le jeune détective. C'est le fils de l'ambassadeur en personne et il veut admirer la statue de la Liberté. L'autre jour, il a été très déçu par votre attitude. C'est pourquoi son père lui a remis ce sauf-conduit, afin que cela ne se renouvelle pas. Je suis son valet de pied, et elle, c'est sa sœur. Et si vous ne nous laissez pas monter dans ce ferry, je peux vous garantir que vous allez avoir de gros ennuis.

Le visage de l'employé s'allongea et il s'empressa de retirer la barrière sans dire un mot.

Agatha et Alfred lui adressèrent un hochement de tête poli et grimpèrent sur la passerelle, suivis de Snouty. Harpo souleva son chapeau et monta à son tour à bord, puis remit la lettre pliée en quatre à son ami.

Une fameuse surprise

Alfred lui demanda, stupéfait :
— Comment est-ce que tu as fait ?
— Un jeu d'enfant, répondit Harpo. Il ne sait pas lire !

*

Une fois sur le bateau, les enfants partirent à la recherche de Thomas. Mais il resta introuvable. C'était incompréhensible, mais il était trop tard pour faire machine arrière. Le ferry venait de larguer les amarres et mettait le cap sur Liberty Island.

Les enfants se blottirent les uns contre les autres et attendirent. Le froid en haute mer était presque insoutenable.

Dehors la neige tombait toujours. Agatha était en train d'observer les flocons qui saupoudraient la crête des vagues quand elle remarqua un détail qui la mit de nouveau en alerte. Une petite embarcation avançait sur l'eau à quelques mètres devant leur bateau, et faisait route en direction de la statue de la Liberté.

Quand le ferry accosta et que les quatre amis s'engagèrent sur la passerelle, Thomas les attendait, impassible, abrité sous un parapluie.

— Bravo, les félicita-t-il. Sincèrement, je ne croyais pas que vous réussiriez.

Les enfants ne surent comment interpréter ces paroles. Ils trouvaient étrange qu'un homme qui n'avait d'autre dessein que d'anéantir ses collègues puisse se montrer aussi courtois.

— Que voulez-vous dire ? demanda Alfred, interloqué.

— Venez avec moi.

Thomas s'engagea dans l'allée qui contournait la statue. Il marchait d'un pas si décidé qu'Alfred commença à avoir des doutes. Était-il vraiment l'assassin qu'il recherchait ? Cependant, il s'abstint d'ouvrir la bouche.

Enfin, l'homme s'arrêta sur l'un des quais latéraux de l'île où se dressait un mirador.

— On m'avait vanté votre perspicacité, reprit-il

après un long silence. Mais je n'aurais jamais cru que vous pourriez mettre bout à bout autant d'indices.

– On vous a parlé de nous ? s'étonna Agatha. Mais qui donc ?

– Le plus grand admirateur de votre agence, mademoiselle, déclara quelqu'un derrière eux.

Lorsqu'elle reconnut la voix qui avait prononcé ces paroles, la fillette eut le souffle coupé. Mais non, voyons, c'était impossible. Pas ici, dans cette ville. Pourtant, le personnage qui venait de faire son apparition était bien Churchill.

– Monsieur l'inspecteur ! s'exclama Alfred qui, lui non plus, n'en croyait pas ses yeux. Mais qu'est-ce que vous faites ici ?

– Je travaille, déclara gentiment le policier. Tout comme vous, apparemment.

L'homme s'avança, un sourire aux lèvres et, visiblement ému, s'approcha des enfants. Agatha et Alfred étaient abasourdis et Harpo regardait Snouty sans comprendre. Voyant que ses compagnons ne réagissaient pas, le comédien décida d'intervenir :

— Ce qui veut dire que Thomas n'est pas l'assassin.

— Bien sûr que non, répondit Churchill, qui connaissait apparemment l'existence d'Harpo. Ce monsieur n'a rien fait d'autre que solliciter mon aide. Mes chers enfants, je vous présente mon vieil ami, l'inspecteur Bert Fonsèche.

Thomas souleva poliment son chapeau.

Alfred n'en croyait pas ses oreilles. Ainsi donc, Thomas était un personnage inventé de toutes pièces et pendant tout ce temps Churchill se trouvait à New York sans que personne le sache.

— Autrement dit, le voyage que vous deviez entreprendre était le même que le nôtre, s'exclama le garçon.

— Absolument, confirma l'inspecteur. Comment croyez-vous que votre père aurait accepté que vous veniez à New York, sinon, monsieur Alfred ? Je suis allé lui parler et l'ai convaincu que j'avais besoin de vous pour m'aider dans mon enquête. Je lui ai fait la promesse de veiller sur vous.

Alfred ouvrit des yeux grands comme des soucoupes. Ainsi donc, ses parents savaient que l'inspecteur menait une enquête, mais ils ne lui en avaient rien dit. Le garçon comprit qu'il avait été injuste avec eux, et il ressentit une pointe de tendresse. Il avait envie de les serrer dans ses bras.

– Nous sommes donc sur la même affaire, intervint Agatha. Je suppose que vous avez obtenu des preuves tangibles. Mais avez-vous réussi à avancer plus que nous ?

– Malheureusement, non, mademoiselle, concéda l'inspecteur. Même si je vous sais gré d'avoir découvert l'existence du poison. Le Dr Wilkins m'a mis au courant après que vous lui avez apporté le mouchoir à l'hôpital.

– Le Dr Wilkins vous a donc tenu informé de nos faits et gestes pendant tout ce temps…, ajouta Alfred.

– Pas seulement le Dr Wilkins, rectifia Fonsèche. J'ai infiltré le théâtre il y a deux mois déjà. Je savais que cette histoire de partition maudite n'était que pure superstition, même si j'avoue n'avoir pas réussi à localiser le poison.

Les enfants ouvrirent toutes grandes leurs oreilles, impatients de connaître sa version des faits.

– Comme vient de vous l'apprendre l'inspecteur Churchill, je suis moi aussi policier et je travaille ici, à New York. Il y a quelque temps, une personne est venue me trouver et m'a raconté une histoire abracadabrante de malédiction. En règle générale, je ne fais pas cas de ces élucubrations, mais la jeune femme a insisté, déclarant qu'elle se sentait menacée et craignait pour sa vie.

– Emma a fait appel à vous ? demanda Harpo, qui avait deviné de qui il s'agissait.

– En effet, confirma Fonsèche. Elle avait l'impression qu'il se passait des choses anormales au théâtre et qu'elle était observée. Elle savait que la mort de Richard n'était pas survenue par hasard. Et quand, un matin, elle s'est rendu compte que quelqu'un avait fouillé dans ses affaires personnelles, elle a pris peur et m'a supplié de tirer cette affaire au clair.

Tout cela tombait sous le sens, songea Agatha. Emma n'était pas seulement une artiste accomplie, c'était aussi une jeune femme très intelligente.

Une fameuse surprise

— C'est ainsi que j'ai décidé d'infiltrer le théâtre. M. Strudel avait besoin d'un régisseur pour son nouveau spectacle et je me suis inventé un parcours professionnel hors pair pour être certain qu'il m'engagerait. Emma se sentait plus rassurée avec moi à ses côtés. Elle savait que j'allais veiller sur elle. Mais ce qu'elle ne savait pas, c'est qu'elle serait la prochaine victime.

Harpo écoutait l'inspecteur en tremblant des pieds à la tête. La neige qui continuait de tomber lui glaçait les os.

— Voyant qu'Emma avait aussi été prise pour cible, j'ai estimé que cette affaire devenait trop compliquée. Ayant découvert que les comédiens provenaient du théâtre de Sarah Bernhardt, j'ai décidé d'appeler l'inspecteur Churchill à la rescousse.

Tout était limpide à présent. Churchill avait remarqué le plan de New York d'Agatha, le matin où il s'était présenté chez les Miller, et compris qu'elle avait, elle aussi, l'intention de se rendre en Amérique. Comme l'enquête s'avérait épineuse, et qu'il avait de la peine pour Alfred, il était allé trouver M. et

Mme Hitchcock pour leur demander de le laisser partir avec son amie.

— Mais il y a une chose que je ne comprends pas, rétorqua le garçon. Pourquoi avez-vous remis la partition maudite à Emma ? Harpo nous a raconté que vous étiez en train d'essayer de la rassurer quand vous la lui avez mise entre les mains.

— Je lui ai donné un air de Puccini, expliqua Fonsèche, et non pas le morceau qu'Emma avait avec elle sur scène. J'ignore comment celui-ci lui est parvenu.

Apparemment, l'assassin avait fait preuve d'une grande habileté. Il avait réussi à tromper la police elle-même.

— Comme c'est curieux…, médita à voix haute Agatha. Il va falloir que nous interrogions Emma pour savoir qui lui a remis la partition. C'est peut-être là que réside la clé du mystère.

— Emma n'a pas encore repris complètement ses esprits, indiqua le faux régisseur en secouant la tête. Elle ne se souvient de rien. Je crains que le coupable ne frappe à nouveau si nous n'agissons pas très vite.

Une fameuse surprise

Fonsèche, qui était passé à l'hôpital un peu plus tôt, leur donna des nouvelles de la malade. Bien que présentant des signes d'amélioration, Emma était encore dans un état semi-comateux. C'est tout juste si elle avait réussi à prononcer deux paroles sensées depuis qu'elle s'était réveillée. Et même si le Dr Wilkins lui avait affirmé que sa guérison n'était qu'une affaire de temps, l'inspecteur craignait qu'il ne soit trop tard pour eux.

– De toute façon, conclut Alfred, les choses vont se compliquer pour l'assassin, maintenant que M. Strudel a baissé le rideau. Dans ces conditions, je ne vois pas comment il pourrait frapper à nouveau.

– Si le théâtre ferme ses portes, intervint Churchill, nous ne saurons jamais qui est le responsable de cette série de meurtres. Il nous échappera sans que nous ayons pu le démasquer. Il faudrait qu'il cherche à passer à l'acte encore une fois pendant la représentation. C'est notre unique chance de le prendre la main dans le sac.

15

Dernière représentation

Agatha se rappela la théorie du crime parfait. Jusqu'ici, tous les efforts pour identifier le coupable étaient restés infructueux. Pourtant, il y avait forcément une faille quelque part. Un grand détective ne pouvait pas se contenter de tentatives et devait persévérer jusqu'à ce que l'énigme soit complètement résolue. Tandis qu'ils se dirigeaient vers la maison de grand-maman Miller, la fillette s'efforçait d'imaginer un plan qui leur permettrait de découvrir la vérité.

– Il faut que nous parvenions à attirer le criminel sur notre propre terrain, annonça-t-elle après avoir mûrement réfléchi. Il ne sert à rien de se lancer à sa poursuite alors qu'il parvient toujours à nous échapper.

Alfred était d'accord. Appâter le coupable était la meilleure solution.

– Sauf que je ne vois pas très bien comment, soupira Harpo, qui était démoralisé depuis qu'il avait appris la fermeture du théâtre.

Agatha savait que cette affaire était terriblement emberlificotée, mais il n'y avait qu'un seul moyen d'y mettre un terme.

– Nous allons lui tendre un piège, affirma-t-elle avec conviction. Je ne crois pas que l'assassin va résister à l'envie de saisir l'unique occasion qui lui est offerte de frapper.

– L'unique occasion ? s'enquit le comédien. De quoi veux-tu parler ?

– Nous savons pour quel motif le coupable a cherché à se débarrasser des artistes. Et nous savons que sa dernière cible était Flora Falconetti. Dans un premier temps, nous avons cru que c'était elle la

Dernière représentation

coupable, mais, après l'épisode de la flèche, il est évident qu'elle n'est pas en cause.

Agatha avait raison. La piste du prétendant au titre d'héritier du théâtre semblait la bonne, à cela près que tous les artistes avaient été agressés. Après Richard, Emma, Norman et la Falconetti, il ne restait plus grand-chose de la compagnie de Sarah Bernhardt. Ils ne voyaient pas qui pouvait se cacher derrière ces crimes.

Cependant, la jeune détective semblait avoir une idée.

– Demain, déclara-t-elle en souriant de toutes ses dents, nous allons annoncer que le théâtre rouvrira ses portes pour une ultime représentation. Ce sera la dernière chance pour le coupable de se débarrasser de la diva. Et ainsi, nous le prendrons la main dans le sac.

C'était un plan des plus hasardeux, mais ils n'avaient pas d'autre choix. Agatha savait qu'Harpo serait entièrement d'accord pour les aider à pincer le coupable. Il ne leur restait plus qu'à convaincre

M. Strudel d'ouvrir une dernière fois son établissement. Mais peut-être qu'avec l'appui de Churchill et Fonsèche ils y parviendraient. Le seul problème était Alfred. La fillette avait le sentiment que son ami n'approuvait pas son idée.

Le soutien du garçon était crucial pour que la mission porte ses fruits. Agatha entreprit de lui exposer son projet :

— Nous serons nous-mêmes en train de jouer la comédie. Nous allons devoir imaginer un spectacle où la diva ne se produira qu'à la fin. Naturellement, il ne lui arrivera rien puisque nous aurons déjà démasqué l'auteur des crimes. Et nous le ferons depuis la scène.

— Tu plaisantes, j'espère ? protesta Alfred. J'ai fait des pieds et des mains pour ne pas avoir à jouer la comédie en public, et ça n'est pas maintenant que je vais le faire.

— Tu n'auras pas le choix ! riposta Agatha, coupant court à toute objection.

Le garçon croisa les bras, furieux.

Dernière représentation

— Il y a un détail qui m'échappe, intervint Harpo. Tu dis que nous allons prendre l'assassin sur le fait avant le dernier numéro. Mais comment le reconnaîtrons-nous ?

— Parce qu'il va se démasquer tout seul, mon cher Harpo, et ce sera même le clou de la soirée. Préparez-vous, le spectacle va commencer.

*

Agatha venait d'accrocher l'affiche annonçant la représentation du soir. Alfred et Snouty s'étaient chargés de la dessiner et grand-maman Miller leur avait prêté des guirlandes de Noël qui l'enjolivaient et attiraient le regard. Le texte figurant sur la pancarte était des plus alléchants :

REPRÉSENTATION UNIQUE !
Le Théâtre des variétés ferme ses portes !
Dernière chance de voir Flora Falconetti
se produire à New York

La pianiste qui en savait trop

La grand-mère Miller était tout excitée. Elle avait savouré le récit que sa petite-fille lui avait fait de sa rencontre avec Churchill. Le plan imaginé par la fillette lui semblait des plus originaux et elle ne doutait pas un seul instant de son succès.

Elle avait mené Agatha jusqu'à la machine à écrire, et après lui avoir remis une rame de papier, lui avait ordonné, fièrement :

– Écris. Invente une pièce. Et résous cette énigme une bonne fois pour toutes.

La jeune détective était si pleine d'énergie qu'elle avait tapé toute la nuit. Elle avait l'impression que les mots bouillonnaient en elle et qu'ils se libéraient dès qu'elle enfonçait une touche. C'était aussi merveilleux que de conclure une enquête, et malgré la mine contrariée d'Alfred, qui faisait les cent pas dans le salon, elle était parvenue à rester concentrée.

Le garçon essayait de regarder discrètement ce que la fillette était en train d'écrire en priant le ciel pour qu'elle lui confie le rôle le plus insignifiant de tous. Il maudissait sa malchance. À quoi bon s'être

Dernière représentation

soustrait à la représentation de fin d'année du collège, si c'était pour se donner en spectacle devant tout New York ?

Le lendemain, après avoir complété la décoration de la façade et distribué quelques prospectus, Agatha, Alfred et Snouty entrèrent dans le foyer pour commencer à se préparer.

Comme il fallait s'y attendre, après l'épisode de la flèche, la Falconetti rechignait à se produire et la fillette avait dû lui assurer que tout irait bien et qu'elle n'aurait peut-être même pas besoin de remonter sur scène.

Quant au reste du spectacle, elle en faisait son affaire. Elle avait fait trois copies de la pièce qu'elle avait écrite, et les avait distribuées à ses amis pour qu'ils apprennent leurs répliques. Bien qu'ils aient eu tout le temps nécessaire, elle trouvait curieux qu'Harpo ne soit pas encore là, car il s'agissait d'une représentation importante, peut-être même la plus importante de sa vie.

Juste au moment où il jetait un coup d'œil à la pendule du théâtre, Alfred sentit qu'il allait éternuer.

La pianiste qui en savait trop

C'était le résultat de l'excursion à Liberty Island par un froid polaire. Il sortit un mouchoir de sa poche et se moucha tout en repassant mentalement les répliques de son rôle.

— Il est impératif que tu connaisses ton texte sur le bout des doigts, lui affirma son amie avec un sourire radieux. C'est la seule façon de bien l'interpréter.

— Ah oui ? protesta Alfred. Et qui a dit ça ?

La fillette désigna le portrait de Sarah Bernhardt.

— Elle. La meilleure tragédienne de tous les temps.

Alfred tourna la tête et contempla la vieille affiche devenue si familière. La grande dame à la pose majestueuse était à des années-lumière de lui ou de ses aspirations. Certes, il ne pouvait pas refuser de donner un coup de main, mais, après cela, il ne faudrait plus compter sur lui pour recommencer. La prochaine fois, Agatha devrait trouver quelqu'un d'autre.

Le garçon frissonna en se pelotonnant à l'intérieur du manteau qu'ils avaient arraché à l'assassin. Ce pardessus-là, si minable soit-il, lui tiendrait bien plus chaud que le sien et il pouvait en disposer

Dernière représentation

jusqu'à ce qu'Harpo le récupère. Il se palpa le front, certain d'avoir de la fièvre.

Agatha, en revanche, était tout absorbée dans la contemplation de l'affiche. Cette femme parée de bijoux aux formes végétales aurait eu beaucoup de choses à leur apprendre concernant toute cette histoire. La fillette se concentra de toutes ses forces, dans l'espoir qu'elle l'aiderait à résoudre ce casse-tête. C'est alors que son regard tomba sur un petit objet, un minuscule détail de l'affiche qui lui avait échappé jusque-là. Une vive émotion s'empara d'elle. Snouty, qui avait compris que son amie venait de découvrir quelque chose, s'approcha. Les pupilles de la fillette bougeaient très vite, comme si, en observant la silhouette de Sarah Bernhardt, elle avait percé le mystère. Avant même qu'Alfred ait pu dire un mot, Agatha le prit par le bras et se mit à courir.

Ni le garçon ni la petite chienne ne comprenait ce qui se passait. La fillette traversa la salle du théâtre à toute allure et s'engouffra dans les vestiaires. Quand elle ouvrit résolument la porte de la loge de la Falconetti, tous les trois tombèrent sur Mme Hope, occupée à arroser les plantes.

Agatha s'arrêta net et observa la vieille dame, sans oser la déranger. Lorsque celle-ci remarqua la présence des trois détectives, elle releva les yeux, légèrement confuse.

La fillette inspira profondément, puis s'approcha lentement de la cameriste.

– Madame Hope, pouvons-nous parler un moment? demanda-t-elle.

Rachel Hope acquiesça d'un signe de tête et Agatha ordonna à ses amis de s'asseoir, car leur entretien, en plus d'être long, allait devoir rester secret. Il était plus prudent de fermer la porte.

*

– Mais où diable étais-tu passé? Il ne nous reste qu'une demi-heure avant le lever du rideau!

C'était la première fois qu'Agatha s'emportait contre Harpo. Maintenant, elle comprenait pourquoi M. Strudel était sans cesse préoccupé. C'est à peine si le jeune homme allait avoir le temps d'apprendre son texte. Mais, voyant son air dépité, la fillette songea qu'elle avait peut-être été un peu dure.

Le comédien n'avait pas proféré un seul mot. Quand elle se tut pour le laisser s'expliquer, il fit non avec la tête.

– Que se passe-t-il, Harpo ? demanda-t-elle affolée. Je t'en prie, dis-le-moi !

Le garçon montra sa gorge, consterné, et Agatha comprit la gravité du problème. Il portait un foulard autour du cou. Il n'avait plus de voix. Alfred n'était pas le seul à avoir attrapé froid la veille. Harpo aussi s'était enrhumé et il était aphone. Il essayait en vain d'aller chercher des sons au fond de sa gorge, mais ceux-ci ressemblaient au bruit que fait la lame d'une scie à bois.

– C'est une catastrophe ! s'exclama Agatha. J'avais écrit un texte que tu devais dire quand je monterai sur scène. Alfred n'avait qu'un tout petit rôle ! Il est trop tard pour tout changer.

Harpo hocha la tête, afin de faire comprendre à la fillette qu'en ce qui le concernait il n'y aurait pas de problèmes. Il sortit un bout de papier de sa poche et écrivit :

Ne t'inquiète pas, Agatha. Je me débrouillerai.

– Mais comment feras-tu ?

– Comme n'importe quel acteur dans cette situation, ma chérie, s'exclama grand-maman Miller derrière eux. En usant de son imagination.

Agatha se retourna, folle de joie. Sa grand-mère venait d'apparaître telle une bonne fée. La fillette courut à sa rencontre, ravie que la vieille dame ait vaincu son appréhension. Elle savait que, pour elle, mettre les pieds dans un théâtre n'était pas chose facile. Mais pour rien au monde elle n'aurait voulu manquer les débuts de sa petite-fille sur les planches.

– Ainsi donc, nous avons un comédien sans voix qui doit coûte que coûte monter sur scène. C'est bien cela ? demanda Mme Miller.

Agatha espérait que sa grand-mère connaissait un remède miracle pour guérir l'aphonie, mais elle se contenta de donner une tape dans le dos du comédien en lui souhaitant bonne chance.

Dernière représentation

— Je suis sûre qu'il va trouver un moyen de s'exprimer, assura grand-maman Miller avant d'aller s'asseoir à sa place. La voix ne fait pas tout au théâtre.

Agatha soupira. Elle avait travaillé dur pour que le spectacle soit un succès et priait le ciel pour qu'Harpo s'en sorte.

— Apprends tout de même bien tes répliques, lui demanda-t-elle en lui remettant son texte. Il faut que tu saches ce que je vais dire. Mais pourquoi es-tu si en retard ? Qu'est-ce que tu as fabriqué pendant tout ce temps ?

Harpo se mit à rire sans qu'aucun son sorte de sa bouche, provoquant l'hilarité d'Alfred. C'était une scène digne d'un film. Le jeune homme tendit le bras pour attirer leur attention, puis il plongea la main dans la poche de sa gabardine et en extirpa un objet des plus étranges.

— Un klaxon d'automobile ? s'étonna Alfred.

Le comédien hocha la tête et pressa la poire en caoutchouc. Puis il se remit à écrire :

Comme ça, vous saurez où je suis.

La pianiste qui en savait trop

Je ne peux pas crier.

– C'est une excellente idée, confirma Agatha. Où l'as-tu trouvé ?

Harpo écrivit à nouveau :

Je l'ai emprunté à un taxi.
Il faut bien que les taxis servent à quelque chose !

Agatha éclata de rire. Au même instant, M. Strudel s'approcha pour les avertir que le public allait commencer à entrer. Agatha sentit une bouffée de chaleur lui monter aux oreilles. Satisfaire les spectateurs n'était pas tout. Ils avaient aussi une enquête à conclure. La fillette écouta le brouhaha qui s'installait peu à peu dans la salle et s'agrippa au rideau pour s'obliger à garder son sang-froid.

Et si l'assassin se trouvait dans le parterre ? À moins qu'il ne soit en train de les observer depuis les coulisses. Si seulement Agatha avait pu l'identifier. La vie de ses amis était en jeu tant qu'elle n'aurait pas réussi à le coincer.

16

Le pianiste assassin

À peine M. Strudel entra-t-il sur scène que le public se mit à applaudir. Ce soir, on avait fait salle comble. Les gens étaient venus nombreux pour assister à l'ultime récital de Flora Falconetti à New York.

Le directeur expliqua que la diva était en train de se préparer et que le premier numéro de la soirée allait commencer. M. Sébastien sortit alors de derrière le rideau en compagnie de M. MacGuffin et salua les spectateurs.

Agatha poussa un soupir de soulagement. Grâce à l'habileté d'Alfred, la marionnette avait retrouvé forme humaine. Le ventriloque lui était tellement reconnaissant qu'il avait accepté bien volontiers de participer à ce numéro improvisé. Il s'avança jusque sous les feux des projecteurs et commença à poser des questions à M. MacGuffin, qui lui répondait du tac au tac tandis que les éclats de rire fusaient dans la salle.

Le moment était venu de se préparer. L'attraction suivante serait la dernière et ils ne pouvaient pas se permettre la moindre faute d'inattention. Alfred était très mal en point. Il avait une fièvre de cheval et n'était pas certain de pouvoir jouer son rôle correctement. Mais, en voyant la mine affolée de son amie, le garçon s'efforça de la tranquilliser en faisant semblant de s'étirer.

Snouty aussi se faisait du souci pour le jeune détective. Cachée à l'intérieur de la gabardine d'Harpo, elle observait ses compagnons tandis que le comédien gagnait les fauteuils d'orchestre, où ils allaient s'asseoir en attendant le signal pour intervenir.

Sur scène, M. MacGuffin continuait de faire rire le public avec ses mauvaises blagues. Agatha inspira profondément, prête à agir. Alfred admirait le courage de son amie. Elle était tellement entêtée qu'elle avait passé la nuit entière à écrire une pièce. Le garçon songea qu'une personne aussi valeureuse méritait de réussir tout ce qu'elle entreprenait. Elle était taillée pour l'adversité.

La fillette fit un pas en direction de la scène. Alfred lui jeta un regard fébrile auquel elle répondit par un sourire. Le jeune détective priait pour que tout se passe bien et que le maudit assassin soit enfin démasqué. Il serra les poings avec force, s'efforçant ainsi de transmettre tout le courage dont il était capable à son amie qui venait de sortir de derrière le rideau.

Un murmure parcourut la salle quand Agatha parut, interrompant le numéro de M. Sébastien. Elle s'approcha du ventriloque et lui dit que sa présence sur scène n'était plus nécessaire : elle était une détective de renom qui allait procéder à une annonce concernant une enquête policière.

Alfred sourit en voyant la façon dont la fillette évoluait sur les planches. Puis il reprit son sérieux et observa la salle à travers la fente du rideau. Parmi les spectateurs, il reconnut le visage de la grand-mère Miller qui, une fois n'est pas coutume, semblait préoccupée.

La fièvre lui donnait des frissons épouvantables. Il songea que sa tête fonctionnerait peut-être mieux s'il avait plus chaud. C'est pourquoi il se pelotonna autant qu'il le pouvait à l'intérieur de son manteau. Quel dommage qu'il doive entrer en scène alors qu'il ne rêvait que de se mettre au lit ! Il s'efforça de se consoler en pensant qu'il avait au moins un pardessus confortable. C'était une chance que l'assassin l'ait perdu quand il avait pris la fuite. Il enfonça douillettement ses mains dans ses poches.

On aurait dit que l'assassin restait toujours tapi dans l'ombre. Alfred repensa à la photo d'Hercule en compagnie des membres de la troupe : Richard, Emma, Norman et la Falconetti. Soudain, il cessa de rêvasser et revint à la réalité. Sa main droite, enfoncée dans la poche de son manteau, venait de palper quelque chose d'étrange. Le garçon la retourna pour l'examiner. La poche était percée d'un trou assez grand pour laisser passer trois doigts. Instinctivement, il secoua le bas du pardessus. Quelque chose remuait au fond de la doublure.

Alfred passa sa main à travers la déchirure pour essayer d'attraper la chose en question. Au premier abord, il s'agissait d'un cylindre minuscule. Et froid. Il avait presque réussi à le saisir. Décidant d'en avoir le cœur net, le garçon se mit à déchirer l'étoffe pour l'extraire. Quand il parvint à extirper l'objet et qu'il le leva vers la lumière pour l'examiner, il resta interdit.

C'était un petit flacon. Alfred ôta le bouchon et fit tourner le contenu de la bouteille, puis y trempa légèrement les doigts. Quand il sentit l'effet que produisait la substance au contact de sa peau, il comprit ce qui s'était passé.

Là où l'on s'y attend le moins...

Le cerveau du jeune détective se mit à bouillonner. Comment avaient-ils pu être aussi naïfs ?

Alfred s'approcha du rideau afin d'attirer l'attention d'Agatha. Quand la fillette se retourna dans sa direction, il lui chuchota avec toute la ferveur dont il était capable :

– Agatha ! Attends ! Je sais qui est le coupable !

*

Hercule saisit le bol de bouillon posé sur la petite table de chevet d'Emma. Le Dr Wilkins lui avait expliqué que pour guérir la malade devait s'alimenter.

Il fallait la sortir de son état semi-comateux, et il fallait lui donner à manger pour qu'elle retrouve des forces.

Le majordome plongea la cuillère dans la tasse, puis l'approcha des lèvres de sa sœur. Mais celle-ci ne semblait guère disposée à collaborer. Elle restait muette, les yeux révulsés, au grand désespoir de son frère.

– Allons, Emma, dit-il en insistant. Il faut te sustenter si tu veux te remettre.

Jusque-là, la jeune femme n'avait pas encore prononcé un seul mot. Le majordome s'efforçait de combler le silence en pensant tout haut. Ainsi, peut-être, parviendrait-il à ramener sa sœur dans le monde des vivants.

– Je n'ai pas faim..., murmura soudain Emma d'une voix à peine audible.

Hercule faillit lâcher le bol de soupe en l'entendant prononcer une phrase complète, et les larmes lui montèrent aux yeux.

– Oh, Emma! s'écria-t-il en laissant le bouillon sur la table pour pouvoir prendre sa sœur dans ses bras. Tu nous as fait une telle frayeur... J'ai cru que tu ne pourrais jamais te remettre!

La jeune femme posa une main tremblante sur l'épaule de son frère.

– Hercule, je suis si fatiguée..., chuchota-t-elle en bâillant. J'ai dormi longtemps?

– Trop, répondit le domestique avec un grand sourire.

– C'est que je devais être très malade, si tu as fait le voyage exprès depuis Londres pour venir me voir, n'est-ce pas?

Hercule se contenta de hocher la tête sans donner d'explications. Il ne voulait pas l'affoler en lui disant qu'ils avaient failli la perdre. Il serait toujours temps de lui raconter toute l'affaire plus tard.

– Le plus important, pour l'instant, c'est que tu te rétablisses au plus vite. Le coupable de cet acte ignoble sera bientôt sous les verrous.

– Le coupable ? s'exclama Emma sans comprendre.

Hercule s'aperçut qu'il en avait trop dit par inadvertance. Il songea alors qu'il aiderait peut-être Alfred et Agatha s'il interrogeait sa sœur. Ce matin-là, les enfants étaient passés en coup de vent, car ils devaient se rendre au théâtre pour préparer le dernier spectacle. Ils n'avaient pas souhaité lui donner davantage de détails, mais Hercule était convaincu qu'Emma savait quelque chose qui pourrait les aider à résoudre l'énigme. C'est pourquoi il essaya d'aborder le sujet sans la brusquer.

– Tu es tombée malade, l'informa-t-il. Alors que tu jouais un certain air de piano. Tu t'en souviens ?

Le pianiste assassin

Le regard d'Emma se perdit un instant dans le vague, puis elle serra les paupières pour essayer de faire travailler sa mémoire.

– J'allais entrer en scène... Je me rappelle que Thomas, enfin, l'inspecteur Fonsèche, s'est approché de moi pour me donner la partition.

Hercule était sur des charbons ardents.

– Fonsèche s'est arrangé pour se faire engager au théâtre sous une fausse identité, précisa la jeune femme sur le ton de la confidence. Je me souviens que j'étais très inquiète et que j'étais allée solliciter son aide.

Hercule opina du chef. Il était au courant. Il s'approcha de nouveau de sa sœur et demanda :

– Que s'est-il passé ensuite ? Essaie de te souvenir, Emma.

– Eh bien... j'attendais mon tour, la partition à la main, reprit-elle. Je me souviens que je regardais le numéro d'Harpo. Le malheureux chantait si mal que M. Strudel était hors de lui. J'avais de la peine pour lui.

Hercule attendait que sa sœur lui livre tous ses souvenirs.

– Cachée derrière le rideau, j'ai attendu qu'Harpo revienne en coulisses. J'avais un peu le trac. Fonsèche ne connaît pas grand-chose en musique et la chanson qu'il m'avait donnée n'était vraiment pas sensationnelle, mais je ne pouvais pas protester, de crainte d'éveiller les soupçons. Même si, après la piètre prestation d'Harpo, j'étais quasiment certaine que le public allait apprécier mon couplet.

– Et alors, que s'est-il passé ? Qu'est-ce que tu as fait ?

– Eh bien... J'en ai pris une autre. Heureusement, à la dernière minute, Thomas, je veux dire Fonsèche, m'a fait parvenir une nouvelle partition pour essayer de rattraper son erreur.

– C'est Thomas qui te l'a remise ? Emma, réponds : c'est lui ?

– Non... Le pauvre était trop occupé à essayer de calmer le directeur, qui était à deux doigts de mettre Harpo à la porte !

– Et donc ? Emma, s'il te plaît, dis-moi qui te l'a donnée. Qui a échangé les partitions ?

Le pianiste assassin

– Eh bien... Norman. Il m'a dit que Thomas la lui avait confiée pour qu'il me la remette.

Hercule retint son souffle. Cet aveu venait de lui glacer le sang. Le majordome tourna aussitôt la tête vers le paravent derrière lequel se trouvait le lit où reposait Norman depuis qu'il s'était effondré sur scène en pleine représentation.

Emma posa sur son frère des grands yeux surpris. Elle ne comprenait pas ce qui se passait, et elle sursauta quand elle le vit se lever d'un bond et s'approcher de la cloison mobile.

Hercule inspira profondément. Ainsi donc, le pianiste les avait joliment bernés. Il les avait si bien roulés dans la farine qu'il avait presque réussi à s'en tirer indemne.

Le majordome tendit le bras et sentit que ses doigts se mettaient à trembler. L'intelligence retorse de Norman l'impressionnait. Pendant tout ce temps, le pianiste avait feint la maladie. Le plan élaboré par Agatha et Alfred n'avait plus vraiment de raison d'être désormais, puisqu'il était sur le point de l'attraper. Cependant, son absence de réaction lui parut étrange.

Saisissant le bord du paravent, il le tira avec force. Mais quand la cloison s'écarta, le spectacle qui s'offrit à lui le laissa sans voix. Sous ses yeux s'étirait la blancheur immaculée d'un lit vide. L'assassin avait réussi une fois de plus à s'échapper.

*

Alfred avançait à tâtons derrière les plis du rideau de scène. Il cherchait à atteindre Agatha pour l'informer au plus vite de sa découverte, laquelle était tellement incroyable qu'elle déjouait toutes les prévisions.

Jamais ils n'auraient imaginé que Norman puisse être le coupable. Mais cet échantillon d'encre dont il s'était taché le bout des doigts était la clé du mystère : c'était la substance idéale pour simuler une marque bleue comme celle qu'Emma portait au cou. Le garçon savait qu'elle ne présentait aucun danger, car il s'agissait d'encre ordinaire, comme celle qu'on utilisait pour écrire des lettres.

Le pianiste assassin

Cependant, tout bien réfléchi, Norman était le candidat idéal. Pour commencer, il était tout à fait possible qu'il ait changé la partition d'Emma, en usant d'un subterfuge. Il ne fallait pas oublier non plus qu'il avait lui-même interprété le même air malgré l'accident dont la chanteuse avait été victime. Mais dans quel but ? Pour feindre d'être pris d'un malaise.

Alfred secoua la tête lorsqu'il reconstitua ce qui était arrivé : ce jour-là, Norman avait très mal joué du piano. Et sans doute avait-il fait exprès de se tromper en faisant passer sa maladresse pour du trac. Car il ne fallait pas qu'il pose le doigt sur la touche empoisonnée. En revanche, il s'était bel et bien servi d'encre pour simuler la marque sur son cou. Il avait si bien joué la comédie que n'importe quel détective, y compris Churchill, serait tombé dans le panneau. Eh oui, bien sûr ! Norman voulait être le nouveau dauphin !

Tout était limpide à présent, mais le garçon ne savait pas comment transmettre la conclusion à Agatha qui continuait de s'adresser au public sans avoir la moindre idée de ce qui se tramait en coulisses. Alfred allait devoir attendre qu'elle ait fini. Mais, sans l'aide de son amie, vers qui pouvait-il se tourner ? L'espace d'un instant, il crut que l'angoisse et la fièvre allaient le submerger. Mais, soudain, une idée lumineuse lui traversa l'esprit, et il s'élança en courant vers la jeune détective.

*

Agatha invita Harpo à venir la rejoindre. Ce dernier gravit complaisamment les marches qui menaient à la scène et exécuta une série de révérences.

– C'est bien, mon cher Harpo, déclama la fillette en s'adressant au public. Nous savons que tu détiens un secret que personne n'a jamais pu deviner. Nous sommes impatients de le connaître. Mais, tout d'abord, nous allons faire un petit rappel des faits.

Le comédien acquiesça en hochant la tête de manière excessive puis s'approcha du piano. Il s'appuya du coude sur les touches en faisant semblant de trébucher comme s'il allait s'étaler de tout son long. Les gens éclatèrent de rire.

– Harpo, reprit la fillette. Nous sommes ici parce qu'un évènement très grave s'est produit dans ce théâtre. Plusieurs acteurs sont tombés malades sans qu'on sache pourquoi. Et nous allons démasquer le coupable.

Un murmure parcourut la salle. Ce spectacle était totalement surprenant. Agatha marqua une pause pour que le silence se fasse, puis enchaîna :

– Notre compagnie est arrivée à New York, déterminée à faire un triomphe. Tous les artistes ont interprété une pièce pour piano très solennelle, mais aucun n'a pu l'achever, car à chaque fois quelque chose les en a empêchés.

Harpo mimait les paroles de son amie, imitant les comédiens en train de jouer. Puis il enfonça une des touches avec force et se jeta à terre en se tenant le cou à deux mains.

Agatha observa la réaction du public. Les mimiques exagérées du jeune homme arrachaient des éclats de rire à la salle. Et le fait est qu'il était très drôle. Cependant, elle gardait à l'esprit la raison de cette pantomime. Selon toute vraisemblance, un assassin était en train de les observer et plus longtemps ils resteraient sur scène, plus ils seraient menacés. Le coupable risquait de bondir comme un diable hors de sa boîte. Il fallait espérer que Churchill et Fonsèche, assis dans la salle avec le public, étaient sur le qui-vive.

Un frisson de terreur lui parcourut la colonne vertébrale, la paralysant momentanément. Pour retrouver son aplomb, elle se tourna vers la partie de la scène dissimulée par le rideau, cherchant Alfred des yeux. Mais son ami avait disparu.

Voyant qu'elle restait muette, Harpo ouvrit sa gabardine afin de libérer Snouty et celle-ci fit une apparition très remarquée. Une chienne avec deux queues ne pouvait que surprendre le public et il espérait ainsi gagner du temps.

Quand le comédien se mit à pourchasser Snouty en faisant sonner son klaxon d'automobile, Agatha se dit qu'elle devait réagir. Alfred avait peut-être découvert quelque chose qui l'avait poussé à abandonner son poste dans les coulisses. Les spectateurs du premier rang contemplaient sans ciller le numéro de la petite chienne. Agatha se sentit de nouveau prise de panique. Elle avait l'impression que le coupable l'observait depuis le parterre. Cependant elle s'obligea à inspirer profondément et à reprendre les rênes du spectacle.

– Bien, assez chahuté, les amis, lança-t-elle. Nous devons nous concentrer si nous voulons attraper l'assassin.

Aussitôt, Harpo et Snouty cessèrent leur improvisation. La fillette sortit la partition maudite de la gabardine du garçon et la tint brandie pour que tous puissent la voir.

– Nous savons que tout est arrivé à cause de cette pièce de musique. Un poison très dangereux avait été répandu sur les touches de ce piano. Heureusement, nous l'avons détecté.

Un murmure surpris s'empara de la salle plongée dans l'obscurité.

– L'assassin a cru pouvoir nous duper. Mais c'était compter sans l'efficacité de notre agence de détectives. Nous avons réussi à tirer l'une des victimes du coma, et nous n'avons plus qu'à révéler le nom du coupable.

La fillette savait que si quelqu'un cherchait à la faire taire, cela signifiait qu'elle était sur la bonne voie. Elle parcourut du regard les rangées de spectateurs, attendant que l'un d'eux réagisse. Les gens étaient bouche bée, attentifs, impatients de connaître le dénouement.

– Nous sommes prêts à désigner le coupable. Et c'est notre camarade Alfred qui va s'en charger. C'est pourquoi, Alfred, s'il te plaît, ta présence est requise sur scène.

Agatha pria de toutes ses forces pour que son ami intervienne, où qu'il soit, et lorsqu'elle le vit apparaître côté jardin, elle poussa un soupir de soulagement.

Cependant, le garçon n'était pas seul. Mme Hope, qui semblait plus athlétique qu'à l'ordinaire, se tenait à ses côtés. Agatha regarda son ami, impressionnée. Cette soudaine apparition ne faisait pas partie du scénario qu'elle avait écrit. Elle se demanda ce que pouvait bien manigancer Alfred. Mais ce dernier entra sur scène sans lâcher la camériste d'une semelle, une enveloppe à la main. Il était blanc comme un linge.

– Bonsoir..., murmura-t-il.

Une rumeur parcourut la salle. Le public voulait connaître le fin mot de l'histoire. Mais la voix ténue d'Alfred ne passait pas la rampe. Mme Hope lui tapota la poitrine pour lui faire comprendre qu'il devait parler plus fort. Le garçon se racla la gorge et fit un pas en avant.

– L'agence Miller & Jones, à laquelle nous appartenons, a découvert que le responsable de ces méfaits se trouvait parmi nous, dans cette salle !

Les gens recommencèrent à murmurer et à se regarder les uns les autres.

Alfred ouvrit l'enveloppe de la médaille du Citoyen ; un excellent accessoire de scène.

– De scrupuleuses investigations nous ont permis de déterminer qui était l'auteur de ces crimes... et cet individu n'est autre que... vous !

Le garçon désigna un spectateur au hasard au premier rang, et l'homme devint blanc comme une feuille de papier. Sa femme, assise à côté de lui, éclata de rire, et Harpo encouragea l'homme à venir les rejoindre sur scène sous les rires des spectateurs.

Mais Agatha continuait de fouiller la salle des yeux. Elle passa en revue chaque rangée de fauteuils, à la recherche du vrai coupable. Les spectateurs échangeaient des sourires, attendant de connaître la suite. Quand le silence se fit à nouveau, la fillette vit une silhouette obscure se lever discrètement de son siège et filer dans l'allée. C'était cet instant qu'ils attendaient tous. Celui où le coupable allait se dénoncer lui-même, pensant que personne ne l'avait remarqué. Alors qu'il était sous surveillance.

Ce mouvement furtif n'avait pas non plus échappé à Alfred. Voyant que l'assassin allait une fois de plus prendre la fuite, il s'écria, en désignant le fond de la salle :

– C'est lui ! Attrapez-le !

Mais son cri ne semblait pas avoir eu beaucoup d'effet. Seuls un ou deux spectateurs se retournèrent sans comprendre. L'ombre continuait de remonter l'allée.

Soudain, Mme Hope s'approcha de la rampe et cria d'une voix dont la puissance surprit toute l'assistance :

– Norman ! Arrête-toi !

Un silence profond s'abattit sur la salle. La silhouette resta pétrifiée, puis se retourna en entendant son nom. Le public observait la scène, fasciné.

Norman, dans son pyjama d'hôpital, venait de comprendre qu'il s'était fait piéger. Il se mit à courir, la veste d'Hercule sur les épaules.

– Tu ne t'échapperas pas ! lança Churchill, qui bondit de son siège, suivi par Fonsèche.

Un immense cri monta du parterre et M. Strudel fit son apparition sur scène, les yeux écarquillés.

Harpo aussi était cloué sur place. Jamais il n'aurait pensé que le coupable était Norman. Mais lorsqu'il vit le pianiste s'enfuir par la porte du foyer, il exhorta les deux policiers à le rattraper. L'inspecteur et son collègue tentaient de s'ouvrir un chemin dans la foule. L'assassin semblait sur le point de leur échapper.

Norman venait de quitter le théâtre. Agatha savait qu'après cela ils ne pourraient jamais plus le pincer.

Ses amis et elle échangèrent des regards consternés. Mais, soudain, les portes s'ouvrirent à nouveau et un jeune homme à lunettes parut. Le nouveau venu traînait quelqu'un derrière lui, l'obligeant à rentrer dans la salle. Les enfants reprirent espoir en découvrant qu'il s'agissait de Norman.

– Eh, l'ami ! Où vas-tu comme ça ? cria le garçon à lunettes au pianiste. Le numéro de mon frère mérite un peu plus de considération, tu ne crois pas ? En voilà des façons de prendre la tangente avant la fin du spectacle !

Tout comme Harpo, Alfred et Agatha restèrent bouche bée. Le jeune homme qui tirait Norman à sa suite avait les traits d'un membre de la famille Marx, même si les enfants n'étaient pas certains de l'avoir déjà vu. Le pianiste essayait de lui résister, sans succès.

– Bon sang de bonsoir, poursuivit le jeune homme en examinant le pyjama de Norman. Pas étonnant que tu aies voulu te sauver avec un accoutrement pareil.

Les spectateurs reprirent leurs sièges et les rires se remirent à fuser. Churchill et Fonsèche empoignèrent fermement le pianiste. Ils lui passèrent les menottes, puis l'entraînèrent à l'extérieur où, très certainement, d'autres policiers les attendaient. M. Strudel gagna le devant de la scène et s'adressant au nouveau venu, s'écria :

– Groucho ! Comme toujours, tu arrives en retard. Tu n'es pas un Marx pour rien.

Alfred, Agatha et Snouty sourirent en découvrant qu'il s'agissait bien d'un des frères d'Harpo. Groucho Marx longea l'allée et monta sur scène.

– Quand je vous disais que mon cadet ne vous décevrait pas, lança Groucho en tendant la main au directeur. Il fallait juste lui donner sa chance.

M. Strudel hocha la tête tandis qu'Harpo serrait tendrement son frère dans ses bras. Il était heureux que ce dernier ait pu enfin assister à un de ses numéros, et le meilleur de tous par-dessus le marché.

Agatha était aux anges. Mais alors qu'elle allait se présenter au nouveau venu, l'inspecteur Churchill la rejoignit.

– Comme toujours, on peut compter sur l'agence Miller & Jones, déclara-t-il en s'approchant des enfants. Je me demande encore combien d'énigmes vous allez résoudre.

– Il nous reste encore à élucider une part du mystère, répondit la fillette en pointant son index vers le policier. Nous avons une surprise pour vous.

Tous se turent.

– Nous avons résolu une autre de vos enquêtes, expliqua la jeune détective. Cher inspecteur Churchill, permettez-moi de vous présenter Mme Hope, ou plus exactement, l'actrice qui s'est chargée de l'incarner pendant un certain temps. Il s'agit de la meilleure tragédienne de tous les temps, la merveilleuse Sarah Bernhardt.

La camériste ôta ses petites lunettes dorées, puis la perruque grise qui recouvrait ses vrais cheveux. Elle se redressa et salua l'assistance, enfin libérée de son déguisement.

Tous poussèrent un cri de surprise, et Agatha ressentit un pincement d'orgueil. Churchill était bouche bée, incapable d'en croire ses yeux. Les enfants n'étaient pas peu fiers. Ils se sentaient les meilleurs détectives du monde. Car ils étaient parvenus à élucider le crime parfait.

Épilogue

Quand Harpo se réveilla, le matin de Noël, des sentiments mitigés l'assaillirent. D'un côté il était heureux. M. Strudel avait décidé de conserver son numéro et lui avait fait une offre que ni lui ni Groucho ne pouvait refuser. Selon lui, le spectacle pouvait faire un malheur si les deux frères jouaient ensemble.

Cette proposition remplissait le jeune homme de joie, mais toute médaille a son revers et il était très triste de voir partir ses nouveaux amis. Emma était quasiment rétablie désormais, et Agatha, Alfred et

Snouty, qui ne pouvaient plus prolonger leur séjour, s'étaient déjà embarqués pour l'Angleterre.

Le comédien regrettait amèrement qu'aucun d'eux ne soit présent pour la première de son nouveau spectacle. Les aventures qu'ils avaient vécues ensemble l'avaient profondément marqué et, malgré la distance, il espérait de tout son cœur qu'ils se reverraient un jour.

Soudain, Minnie l'appela depuis l'autre bout de l'appartement. Quelqu'un avait sonné à la porte. Le garçon sauta du lit. Il fallait qu'il se prépare à aller au théâtre de toute façon. Il remonta le couloir au pas de course et trouva un coursier chargé d'un paquet.

– De la part du père Noël pour monsieur Harpo Marx, annonça le petit homme grelottant de froid.

Harpo n'en croyait pas ses yeux. Il espérait que ses frères n'allaient pas se jeter sur le colis dès qu'il l'aurait posé sur la table.

C'était un gros paquet de forme cubique. Une carte était attachée à la ficelle qui l'entourait. Le comédien s'empressa de la lire :

Épilogue

Cher Harpo,
Un grand artiste comme toi saura toujours tracer son chemin.
Mais, pour cela, mieux vaut se servir de ses deux pieds.
C'est plus sûr.
Amicalement,

Le père Noël

Il s'agissait d'une blague, certainement, mais il s'empressa malgré tout d'arracher le papier qui entourait la boîte. À l'intérieur se trouvait une paire de patins flambant neufs qui laissa ses frères sans voix. S'ensuivit alors une foire d'empoigne, car tous voulaient les essayer. Mais Harpo tint bon et quand, finalement, il eut réussi à les calmer, il songea que le père Noël était très intelligent et que, quoi qu'il arrive, jamais il ne mettrait cette paire de patins au clou.

*

Accoudé au bastingage du paquebot, Alfred pensait à la famille Marx. Il espérait que ce Noël-ci les comblerait, puis songea qu'il ne fallait pas grand-chose pour les rendre heureux. Il ne doutait pas qu'Harpo allait bientôt leur écrire pour leur raconter ses prouesses scéniques. Il aurait adoré assister à la première de son spectacle, mais en même temps il avait hâte de revoir ses parents.

Ce voyage avait changé beaucoup de choses pour lui. Deux semaines plus tôt à peine, il était agrippé à ce même bastingage, impatient de découvrir New York, sans avoir la moindre idée de ce qui l'attendait là-bas.

Cette enquête avait été la plus fracassante de toutes celles qu'ils avaient menées jusque-là. Churchill était revenu pour les féliciter et leur avait proposé de les accompagner personnellement lorsque le bateau aurait accosté.

Ce matin, le froid était particulièrement vif, mais le garçon voulait voir apparaître les côtes de l'Angleterre. Et tandis qu'il attendait que son île se matérialise au loin, il se remémorait les détails les plus sombres de l'affaire qu'ils venaient d'élucider.

Épilogue

Ainsi qu'il l'avait déduit, Norman avait voulu hériter de la compagnie. C'était le comédien le plus médiocre de sa prestigieuse famille, et diriger un théâtre comme celui de Sarah Bernhardt lui aurait donné le sentiment d'être quelqu'un d'important. Sauf qu'il était le dernier de la liste et qu'il allait devoir se débarrasser de tous ses collègues pour pouvoir devenir l'héritier. C'est pourquoi il avait imaginé un plan machiavélique.

Pour ne pas éveiller les soupçons, il avait imaginé de se faire passer lui aussi pour une victime. Tous étaient persuadés qu'il était gravement malade, et alors que les autres comédiens périraient, lui se réveillerait du coma comme par miracle. Et il serait nommé à la tête de la compagnie.

Il avait empoisonné Richard, puis Emma, ensuite devait venir le tour de la Falconetti. Mais, en attendant, il devait feindre la maladie. La bouteille d'encre qui était rangée avec les lettres d'Emma lui avait servi à simuler une tache bleue sur son cou. Après quoi, il avait tout préparé pour que la cantatrice soit sa prochaine victime. Comme elle ne jouait pas de piano pendant son numéro, il avait eu l'idée de dérober l'arbalète de M. Sébastien puis l'avait cachée pendant son séjour à l'hôpital.

Agatha sortit sur le pont pour tenir compagnie à son ami. Elle était un peu triste d'avoir fait ses adieux à sa grand-mère. La vieille dame était si fière de sa petite-fille qu'elle lui avait offert sa machine à écrire.

La fillette s'accouda elle aussi à la rambarde.

– Je crois que nous avons eu beaucoup de chance cette fois-ci, lança-t-elle. L'assassin a bien failli nous échapper.

Alfred acquiesça d'un hochement de tête sans quitter l'horizon des yeux.

– Il faut dire que le plan de Norman était remarquablement bien préparé. Il avait même eu l'idée de cacher l'arbalète à l'intérieur de la marionnette de M. Sébastien.

Le garçon se tourna vers son amie. Il avait toujours supposé que la mise en pièces de M. MacGuffin avait

Épilogue

un lien avec l'affaire, mais sans comprendre précisément lequel.

— Norman a quand même commis quelques erreurs, ajouta-t-il. Sortir de l'hôpital en pyjama en plein mois de décembre, c'était s'exposer à mourir congelé. C'est pourquoi je pense que le vol du manteau d'Harpo ne faisait pas partie de son plan initial.

Agatha était d'accord.

Elle se tourna vers la vitre du salon, derrière laquelle Snouty les observait. La petite chienne n'avait aucune envie de mettre le nez dehors par ce froid, et restait blottie entre Hercule et l'inspecteur Churchill, qui étaient en train de prendre le thé.

— Il y a quelque chose qui me surprendra toujours, poursuivit la fillette. La détermination de Sarah Bernhardt. Elle a fait le voyage jusqu'à New York en apprenant ce qui était arrivé à Emma, a donné un congé à la vraie Mme Hope et s'est fait passer pour elle. Et elle a imité sa voix, ses gestes et même sa façon de bouger à la perfection. Seule une comédienne de sa trempe pouvait endosser un tel rôle sans être démasquée.

– C'est certain, concéda Alfred. Mais moi, ce qui m'a le plus épaté c'est comment tu as réussi à l'identifier en reconnaissant la broche représentée sur l'affiche.

– Je me suis souvenue des paroles de M. Sébastien, expliqua la fillette. « Sarah Bernhardt est tellement naturelle qu'on n'a pas l'impression qu'elle joue. » J'ai remarqué que Mme Hope évitait de parler, c'était pour éviter d'être découverte. Harpo a même dit qu'il était surpris par son changement d'attitude. Il ne la reconnaissait plus. Et c'était vrai. Sous sa fausse identité, l'actrice voulait essayer de découvrir ce qui se passait, c'est pourquoi, à part la Falconetti, personne au théâtre ne savait qu'elle n'était pas la vraie Mme Hope.

Sur ces mots, Agatha sourit de toutes ses dents. En fin de compte, ce théâtre grouillait de détectives qui faisaient cavalier seul : eux, Mme Hope, l'inspecteur Fonsèche... C'était amusant quand on pensait à la façon dont chacun s'y était pris pour mener l'enquête, sans avoir la moindre idée de qui était

Épilogue

qui. Heureusement, l'affaire était à présent classée, et la fillette était soulagée. Sentant que le froid lui glaçait les os, elle décida d'aller rejoindre Snouty à l'intérieur.

Alfred préféra rester encore un moment sur le pont à méditer au rythme de la houle. Jamais il n'aurait cru désirer à ce point revoir l'Angleterre et ses parents. Il avait découvert combien la vie pouvait être difficile au-delà de l'East End, et combien ceux qui s'exilaient dans l'espoir de trouver une vie meilleure devaient lutter. Il pria le ciel pour qu'Harpo puisse réaliser ses rêves les plus chers, et juste au moment où il allait regagner le salon, il vit paraître un point marron à l'horizon. Son cœur se mit à battre à se rompre, car cela ne pouvait signifier qu'une seule chose : ils étaient arrivés. Ils étaient de retour à la maison.

Savais-tu que... ?

Harpo Marx fut l'un des acteurs comiques les plus aimés du public. Il ne jouait que des rôles muets et portait toujours une gabardine et un klaxon d'automobile pour se faire remarquer. Avec ses frères, il formait l'un des groupes humoristiques les plus talentueux de l'histoire du cinéma : « Les Marx Brothers ».

Le music-hall ou théâtre de variétés était vu comme un divertissement de qualité inférieure. Les artistes interprétaient leurs numéros pour un cachet dérisoire et rêvaient de conquérir Broadway, la rue de New York où se donnent les plus grands spectacles.

Sarah Bernhardt était considérée comme la meilleure actrice de tous les temps. Elle fut la première interprète-impresario du monde du spectacle et révolutionna l'art de la scène en introduisant un jeu naturel. Elle fut la tête d'affiche d'un grand nombre de pièces de théâtre de son époque.

Tout comme Sarah Bernhardt dans ce roman, Agatha Christie a disparu alors qu'elle était déjà très connue. Elle ne donna aucune nouvelle pendant dix jours, plongeant ses proches dans l'inquiétude, puis reparut sans jamais expliquer où elle était passée.

Le klaxon d'automobile qu'Harpo utilise dans tous ses films a été dérobé à un taxi au début de sa carrière.

Le *RMS Lusitania* (le paquebot qui emmène Agatha et Alfred à New York) était l'un des transatlantiques les plus luxueux de son temps. En 1915, pendant la Première Guerre mondiale, il fut détruit par une torpille.

Le *Diabolus in musica* ou « triton » désigne un intervalle musical interdit au Moyen Âge. Du fait de sa sonorité stridente, les musiciens évitaient de le jouer, pensant que le diable se cachait entre ses notes.

En 1950, Alfred Hitchcock a dirigé un film intitulé *Le grand alibi* où un élève comédien emprunte différentes identités pour résoudre une énigme dans un théâtre.

Un critique new-yorkais ayant affirmé qu'Harpo Marx jouait mieux quand il ne parlait pas, le jeune homme décida de ne plus dire un mot dans la vingtaine de films qu'il a tournés.

Alfred Hitchcock n'a jamais joué au théâtre, en revanche il apparaît souvent de manière fugace dans ses films.

Les Marx étaient des gens d'origine très modeste et Frenchie, le père d'Harpo, était un très mauvais tailleur. Bien que sans le sou, ils ne cessèrent jamais de croire en leur propre talent et finirent par devenir célèbres.

Le titre de cette aventure des «Enquêtes d'Alfred & Agatha» est un hommage au magnifique film d'Hitchcock *L'homme qui en savait trop*, interprété par James Stewart et Doris Day.

Hitchcock a traité le thème du crime parfait dans certains de ses films les plus célèbres, comme *La corde* ou celui précisément intitulé *Le crime était presque parfait.*

MILLER & JONES

Agence de filature

~

27, Brown St. (Bayswater)

~ Londres ~

Agatha Miller

alfred hitchcock

Remerciements

À Javier Fonseca Garciá-Donas, confrère écrivain et grand ami, qui m'a communiqué sa passion pour les Marx Brothers. Merci de m'avoir transmis une telle quantité de savoir et, surtout, merci pour ton exemple.

À Pep Gorgori et Ana Peral, musiciens experts. Merci pour vos leçons de théorie musicale qui ont largement contribué à enrichir cette histoire.

À Rosa Soria, Mery Varona et Laura Garcia, qui ont été à mes côtés depuis le début.

À Elvira Lindo, qui m'a donné l'idée d'introduire Harpo Marx dans mon récit.

Au grand Salvador Arias, écrivain, metteur en scène légendaire. Ses enseignements ont laissé une marque indélébile dans la vie de ses élèves, et se retrouvent d'une certaine façon entre les lignes de ce récit. C'est la meilleure façon de lui rendre hommage que j'aie pu trouver.

À Carlos G. Fabregat, alias «Minipoe», dont l'enthousiasme dope mon envie d'écrire la suite de ces aventures. Il a été mon tout premier fan.

À la Sociedad del Platito, soutien incontournable dont tout auteur a besoin pour mener à bien ses projets. Merci à ses membres.

**Retrouve les héros
dans une nouvelle aventure.**

**L'affaire
des oiseaux**

1

Londres, quartier de l'East End

L'avion volait si vite qu'il était presque impossible de le voir. Malgré ses ailes minuscules et son fuselage rudimentaire et légèrement disproportionné, le jouet filait comme l'éclair dans le ciel nuageux. Il volait fièrement, comme si rien ne pouvait arrêter sa course, pas même le vent qui soufflait en rafales et charriait des tourbillons de feuilles mortes d'un bout à l'autre de la ville.

High Road était l'avenue principale de l'East End, un quartier populaire, constitué d'une multitude de petites rues commerçantes, entre des maisons coiffées de toits irréguliers. Ici, les gens travaillaient dur, vaquant tout le jour à leurs affaires et courant de-ci de-là jusqu'à la nuit tombée.

La plupart des piétons marchaient droit devant eux, tête baissée, et tellement absorbés par leurs occupations qu'aucun évènement futile n'aurait pu les distraire.

Alfred pensait qu'il n'y avait vraiment pas de quoi en être fier. Depuis la fenêtre de sa chambre il méditait. Il estimait que la vie de ceux qui ne prenaient jamais le temps de regarder plus loin que le bout de leur nez devait être terriblement ennuyeuse. Et aujourd'hui encore il en avait eu la preuve, quand, depuis sa fenêtre du premier étage, il avait lancé l'avion. L'engin s'était mis à planer au-dessus de l'avenue grouillante de monde sans que personne remarque sa présence. De la même façon, personne ne remarquait jamais la présence d'Alfred derrière les vitres de sa chambre. La plupart des enfants passaient leur temps libre à jouer au ballon ou à faire des farces, mais lui préférait rester à la maison. Il aimait dessiner des croquis et perfectionner ses inventions, comme la réplique du *Coanda-1910* qui, à cet instant même, était en train de survoler les toits de la ville.

L'avion poursuivait vaillamment sa course, se faufilant entre les auvents et les fils électriques. Soudain, il commença à perdre de l'altitude et un coup de vent l'obligea à virer à gauche. Alfred retint sa respiration et, quand il réalisa que l'avion avait atterri sous le store d'une des boutiques qui bordaient la rue, il ferma les yeux en serrant fort les paupières.

Tout à coup, quelqu'un poussa un cri strident qui fit se cabrer le cheval d'un cocher qui passait par là. C'était M. Fisher. Il était sorti de sa poissonnerie en agitant ses gros bras pour se débarrasser du jouet devenu incontrôlable, comme s'il était poursuivi par un essaim d'abeilles. Terrorisé, M. Fisher se mit à dévaler la rue à toutes jambes, mais à peine eut-il parcouru quelques mètres qu'il dut se jeter ventre à terre. L'avion volait à présent en rase-mottes et, malgré son étonnante agilité, le poissonnier ne put l'empêcher de lui arracher sa magnifique perruque en cheveux naturels.

Comble de malchance, l'engin acheva sa folle équipée en allant s'écraser contre la vitrine du poissonnier. Devinant instantanément qui était l'auteur de cette mauvaise farce, M. Fisher s'écria, furieux :

– Alfred !!!

*

– Comment pouvez-vous affirmer que c'est la faute de mon garçon ? demanda, indignée, la mère d'Alfred.

Le poissonnier bouillait de rage. Il soufflait comme un bœuf et sa face cramoisie ruisselait de transpiration. Ce n'était pas la première fois que M. Fisher venait à l'épicerie des parents d'Alfred pour se plaindre. Il le faisait quand il estimait que l'étal de légumes encombrait le trottoir et gênait l'accès à sa boutique, ou que la charrette du livreur stationnait trop longtemps devant sa vitrine, ou, comme c'était le cas présentement, que le comportement d'Alfred était inacceptable. C'était un homme terriblement belliqueux.

– Votre fils n'arrête pas de nous empoisonner la vie avec ses bêtises ! rugit-il en montrant ses dents jaunes et crochues. Dans ce quartier, personne n'est à l'abri de ses inventions démoniaques...

Alfred ouvrit la bouche pour protester, mais il n'en sortit que de l'air. Il aurait voulu dire que ses inventions n'avaient rien à voir avec le diable, qu'il s'agissait de prototypes intéressants qui pouvaient être très utiles à l'humanité et qu'il n'avait jamais eu la moindre intention de nuire à M. Fisher ou à quiconque. Mais il était manifestement inutile de chercher à discuter. De toute façon, il n'aurait jamais le dernier mot.

– J'en ai par-dessus la tête de ce garnement. Quand il ne me vole pas mes casiers à poisson pour se livrer à je ne sais quelles expériences, il effraie ma clientèle avec ses tours pendables. Il y a trois semaines, je l'ai surpris en train de fouiller dans mon tiroir à couteaux. Hier, c'est le sac de toile où je garde mes hameçons qui a disparu... Et aujourd'hui ça !

– Mais, la dernière fois qu'il a été puni, Alfred nous a promis de ne plus jamais recommencer, plaida Mme Hitchcock. Et d'ailleurs, cet avion, n'importe qui aurait pu le fabriquer !

– Ah, vraiment ? demanda le poissonnier sur le ton d'un homme qui ne s'en laisse pas conter. Et que dites-vous de cela ?

Sortant une planchette verte de sa poche, M. Fisher l'agita furieusement sous le nez des Hitchcock. Quand il ouvrit la main, Alfred reconnut l'aile de son *Coanda-1910*, à présent hors d'usage. À peu près au centre, peintes en gris foncé d'une main malhabile, on pouvait lire les lettres *A. H.*

Alfred pensa à tout le temps qu'il avait passé à dessiner les plans de l'avion et à réunir tous les matériaux nécessaires pour le faire voler. Il était fier d'avoir pu construire une réplique du *Coanda*, un véritable exploit technique compte tenu du peu de moyens dont il disposait. C'est pourquoi il avait décidé de marquer le coup en gravant ses initiales sur l'aile droite de l'engin. Mais voilà qu'en fin de compte, elles n'allaient servir qu'à prouver sa culpabilité et lui attirer des ennuis.

M. Hitchcock avala sa salive et prit le fragment de bois dans ses mains. Il scruta le petit morceau d'aile d'un air effaré, puis, après un long silence, releva les yeux et posa les restes de l'avion sur le comptoir.

– Mon fils ne vous causera plus d'ennuis, monsieur Fisher, déclara-t-il d'une voix solennelle en regardant le poissonnier furieux. Je vous en donne ma parole.

Cet ouvrage a été mis en pages
par DV Arts Graphiques à La Rochelle

Imprimé en Espagne par Novoprint